GRöLS Verlage

„Bücher sind wie Fallschirme. Sie nützen uns nichts, wenn wir sie nicht öffnen."

Gröls Verlag

Redaktionelle Hinweise und Impressum

Das vorliegende Werk wurde zugunsten der Authentizität sehr zurückhaltend bearbeitet. So wurden etwa ursprüngliche Rechtschreibfehler *nicht* systematisch behoben, denn kleine Unvollkommenheiten machen das Buch – wie im Übrigen den Menschen – erst authentisch. Mitunter wurden jedoch zum Beispiel Absätze behutsam neu getrennt, um den Lesefluss zu erleichtern.

Um die Texte zu rekonstruieren, werden antiquarische Bücher von Lesegeräten gescannt und dann durch eine Software lesbar gemacht. Der so entstandene Text wird von Menschen gegengelesen und korrigiert – hierbei treten auch Fehler auf. Wenn Sie ebenfalls antiquarische Texte einreichen möchten, finden Sie weitere Informationen auf www.groels.de

Viel Freude bei der Lektüre wünscht Ihnen das Team des Gröls-Verlags.

Adressen

Verleger: Sophia Gröls, Im Borngrund 26, 61440 Oberursel

Externer Dienstleister für Distribution & Herstellung: BoD, In de Tarpen 42, 22848 Norderstedt

Unsere „Edition | Werke der Weltliteratur" hat den Anspruch, eine der größten und vollständigsten Sammlungen klassischer Literatur in deutscher Sprache zu sein. Nach und nach versammeln wir hier nicht nur die „üblichen Verdächtigen" von Goethe bis Schiller, sondern auch Kleinode der vergangenen Jahrhunderte, die – zu Unrecht – drohen, in Vergessenheit zu geraten. Wir kultivieren und kuratieren damit einen der wertvollsten Bereiche der abendländischen Kultur. Kleine Auswahl:

Francis Bacon • Neues Organon • **Balzac** • Glanz und Elend der Kurtisanen • **Joachim H. Campe** • Robinson der Jüngere • **Dante Alighieri** • Die Göttliche Komödie • **Daniel Defoe** • Robinson Crusoe • **Charles Dickens** • Oliver Twist • **Denis Diderot** • Jacques der Fatalist • **Fjodor Dostojewski** • Schuld und Sühne • **Arthur Conan Doyle** • Der Hund von Baskerville • **Marie von Ebner-Eschenbach** • Das Gemeindekind • **Elisabeth von Österreich** • Das Poetische Tagebuch • **Friedrich Engels** • Die Lage der arbeitenden Klasse • **Ludwig Feuerbach** • Das Wesen des Christentums • **Johann G. Fichte** • Reden an die deutsche Nation • **Fitzgerald** • Zärtlich ist die Nacht • **Flaubert** • Madame Bovary • **Gorch Fock** • Seefahrt ist not! • **Theodor Fontane** • Effi Briest • **Robert Musil** • Über die Dummheit • **Edgar Wallace** • Der Frosch mit der Maske • **Jakob Wassermann** • Der Fall Maurizius • **Oscar Wilde** • Das Bildnis des Dorian Grey • **Émile Zola** • Germinal • **Stefan Zweig** • Schachnovelle • **Hugo von Hofmannsthal** • Der Tor und der Tod • **Anton Tschechow** • Ein Heiratsantrag • **Arthur Schnitzler** • Reigen • **Friedrich Schiller** • Kabale und Liebe • **Nicolo Machiavelli** • Der Fürst • **Gotthold E. Lessing** • Nathan der Weise • **Augustinus** • Die Bekenntnisse des heiligen Augustinus • **Marcus Aurelius** • Selbstbetrachtungen • **Charles Baudelaire** • Die Blumen des Bösen • **Harriett Stowe** • Onkel Toms Hütte • **Walter Benjamin** • Deutsche Menschen • **Hugo Bettauer** • Die Stadt ohne Juden • **Lewis Caroll** • *und viele mehr....*

Kakuzo Okakura

Das Buch vom Tee

Aus dem Englischen von

Marguerite und Ulrich Steindorff

Inhalt

1. Kapitel

Die Schale der Menschheit

Tee war im Anfang Medizin und wurde erst allmählich ein Getränk. Im China des achten Jahrhunderts kam er ins Reich der Poesie als etwas, das zum guten Ton gehörte. Das fünfzehnte Jahrhundert sah Japan ihn erhöhen zu einer Religion des Ästhetizismus, zum Teeismus. Der Teeismus ist ein Kult, gegründet auf die Verehrung des Schönen mitten im Alltagsgrau der Dinge, wie sie sind. Sein Sinn geht auf Reinheit und Harmonie, auf das Mysterium gegenseitigen Erbarmens, auf die Romantik in der gesellschaftlichen Ordnung. Er ist seinem Wesen nach eine Religion des Unvollkommenen, ein zarter Versuch, Mögliches zu vollenden in dem Unmöglichen, das wir Leben nennen.

Die Philosophie des Tees ist nicht nur Ästhetizismus im gewohnten Sinne des Wortes, denn in ihr prägt sich, verbunden mit Ethik und Religion, unsere ganze Haltung gegenüber dem Menschen und der Natur aus. Sie ist Hygiene, denn sie erzieht zur Reinlichkeit; sie ist Wirtschaftlichkeit, denn sie beweist, daß Behagen eher in dem Einfachen als in dem Vielfachen und

Kostbaren wohnt; sie ist Geometrie der Moral, insofern sie das Verhältnis unseres Gefühls zum All bestimmt. Sie stellt den wahren Geist östlicher Demokratie dar, denn sie macht aus allen ihren Jüngern Adel vom Geschmack.

Die lange, zur inneren Beschaulichkeit führende Isolierung Japans von der übrigen Welt ist der Entwicklung des Teeismus äußerst günstig gewesen. Unser Wohnen und unsere Gewohnheiten, Kleidung und Küche, Porzellan, Lack und Malerei -- ja selbst unsere Literatur --, alles ist seinem Einfluß untertan gewesen. Kein Studium der japanischen Kultur könnte je sein Dasein übersehen. Er hat die Eleganz hochedler Boudoirs durchtränkt und hat Eingang gefunden in das Haus der Niederen. Haben doch unsere Bauern gelernt, Blumen zu stellen, und der geringste Arbeiter, Fels und Wasser seinen Gruß zu sagen. Im täglichen Sprachgebrauch reden wir von einem „Menschen ohne Tee in sich“, wenn er unempfindlich ist gegen das Tragikomische persönlichen Erlebens. Dagegen brandmarken wir den ungebändigten Ästheten, der, die Welttragik mißachtend, sich wild in der Hochflut losgelöster Gefühle bewegt, als jemanden „mit zuviel Tee in sich“.

Der abseits Stehende wird allerdings staunen über diesen scheinbaren Lärm um nichts. Welch ein Sturm in einer Teetasse, wird er sagen. Wenn man aber bedenkt, wie klein doch letzten Endes die Schale menschlicher Freuden bemessen ist, wie bald sie von Tränen überfließt, wie leicht sie in unserem unstillbaren Durst nach Unendlichkeit erschöpft wird, dann brauchen wir uns wegen soviel Aufhebens mit der Schale Tee keine Vorwürfe zu machen. Menschen haben schon Schlimmeres getan. Im Dienste des Bacchus haben sie allzu frei geopfert, und haben selbst das blutige Standbild des Mars verklärt. Warum sollten wir uns da nicht der Königin der Kamelien weihen und uns baden in der warmen Flut von Sympathie, die von ihrem Altar niederströmt? Mit dem flüssigen Bernstein im elfenbeinernen Porzellan wird der Weise an die süße Spröde des Konfuzius, an des Lao-tze Pikanterie und an den ätherischen Duft Sakyamunis selbst rühren.

Wer nicht die Kleinheit des Großen in sich fühlen kann, ist leicht geneigt, die Größe der kleinen Dinge in den Anderen zu übersehen. Der Durchschnittseuropäer wird in seiner glatten Selbstzufriedenheit in dem Tee-Zeremonial nur irgendein Beispiel sehen für die tausend und eine Seltsamkeit, in der sich ihm die Fremdartigkeit und Kindlichkeit des Ostens erweist. Er war daran gewöhnt, in Japan das Barbarenland zu sehen, als es sich in den sanften Künsten des Friedens übte. Er bezeichnet es als „zivilisiert", seit es begann, auf den mandschurischen Schlachtfeldern Massenmord zu treiben. Viel Aufhebens ist in letzter Zeit von dem Ehrenkodex der Samurai gemacht worden, der Kunst des Sterbens, die unsere Soldaten lehrt, sich am Opfertode zu berauschen. Aber nur selten ist dem Tee Aufmerksamkeit geschenkt worden, der in sich so manches von unserer Kunst des Lebens darbietet. Lieber wollen wir Barbaren bleiben, wenn unser Anrecht auf die Zivilisation sich auf den schauerlichen Ruhm des Krieges gründen muß. Lieber wollen wir dann die Zeit abwarten, da unserer Kunst und unseren Idealen endlich der schuldige Respekt gezollt wird.

Wann endlich wird der Westen den Osten verstehen oder versuchen zu verstehen! Wir Asiaten sind oft entsetzt über das seltsame Gewebe von Wirklichkeit und Phantasie, in das man uns eingesponnen hat. Man malt sich uns, als lebten wir vom Duft der Lotos oder -- von Mäusen und Küchenschaben. Man sieht entweder kraftlosen Fanatismus oder verworfene Wollust. Indiens Spiritualismus wird als Unwissenheit, Chinas ernste Würde als Dummheit, Japans Vaterlandsliebe als Folge des Fatalismus verlacht. Man hat sogar behauptet, daß wir, dank der Stumpfheit unseres Nervensystems, für Schmerzen und Wunden weniger empfänglich seien als der Europäer!

Aber warum sich nicht auf unsere Kosten lustig machen? Asien gibt das Kompliment zurück. Es gäbe noch viel mehr Stoff zum Lachen, wenn der Europäer wüßte, was wir von ihm gedacht und geschrieben haben mit all dem Glanz, den die Entfernung leiht, mit all dem Staunen unbewußter Ehrfurcht und all der stummen Auflehnung gegen das Neue und Unbekannte. Wir haben ihn mit Tugenden bebürdet, allzu fein, um sie beneiden zu können, und verbrecherischer Taten beschuldigt, zu grotesk, um sie zu verdammen. Unsere Schriftsteller des Altertums, die Weisen, die es ja wissen mußten, haben uns erzählt, daß ihr Europäer unter euren Kleidern buschige Schwänze verborgen hättet und euch gar häufig vor ein Frikassee neugeborener Kinder zu Tische setztet. Ja, noch Schlimmeres hatten wir euch vorzuwerfen. Wir hielten euch für das unmöglichste Volk der Erde, denn es hieß svon euch, daß ihr stets das predigt, was ihr niemals tut.

Aber diese Mißverständnisse sind bei uns im Schwinden. Der Handel hat die europäischen Sprachen manchem östlichen Hafen aufgezwungen. Asiatische Jugend schart sich in den Hochschulen des Westens um des Rüstzeugs moderner Bildung willen. Unser Blick hat zwar nicht eure Kultur durchdrungen, aber wir sind zum mindesten bereit zu lernen. Manche meiner Landsleute haben im trügerischen Glauben, daß sie mit steifem Kragen und Zylinderhut auch eure Zivilisation sich zu eigen machen könnten, gar zu viel von euren Sitten und eurer Etikette angenommen. So rührend und bedauerlich derartige Künsteleien auch sein mögen, sie legen doch Zeugnis ab für unsere Bereitwilligkeit, uns dem Westen auf Knien zu nahen. Zum Unglück ist die Haltung des Westens dem Verständnis des Ostens ungünstig. Der christliche Missionar geht aus, um mitzuteilen, nicht um zu empfangen. Eure Kenntnisse beruhen auf spärlichen Übersetzungen unserer ungeheuren Literatur, wenn nicht gar auf den unzuverlässigen Anekdoten eines flüchtigen Reisenden. Nur selten geschieht es, daß die ritterliche Feder eines Lafcadio Hearn mit der Fackel unserer gefühlsmäßigen Eigenheiten lichtbringend in das Dunkel des Orients hineinleuchtet

Man könnte meinen, daß diese meine Offenheit meine Unwissenheit um den Teekult verrät, dessen Geist der Höflichkeit gerade gebietet, nur das zu sagen, was nicht unerwartet ist. Aber ich will ja kein höflicher Teeist sein. Es ist schon so viel Schaden durch das gegenseitige Mißverstehen der alten und neuen Welt entstanden, daß man sein Scherflein zur Besserung wahrlich nicht erst zu entschuldigen braucht. Das Schauspiel eines blutigen Krieges wäre den Anfängen des zwanzigsten Jahrhunderts erspart geblieben, hätte Rußland sich herabgelassen, Japan genauer kennen zu lernen. Welche furchtbaren Folgen für die Menschheit schlummern nicht in der geringschätzigen Unkenntnis östlicher Probleme! Der europäische Imperialismus, der skrupellos sein lächerliches Geschrei über die „Gelbe Gefahr" erhebt, vermag nicht zu begreifen, daß Asien eines Tages wach werden und voll Grauen den „weißen Schrecken" empfinden wird. Ihr mögt lachen über uns, weil wir „zu viel Tee" in uns haben, aber müssen wir denn nicht annehmen, daß ihr im Westen „ohne Tee" seid?

Die beiden Kontinente mögen endlich aufhören, einander mit Aphorismen zu bombardieren, und sie werden gegenseitig eine halbe Erde gewonnen haben, so sie an bitteren Erfahrungen reicher, wenn auch nicht klüger geworden sind. Wir haben uns nach verschiedenen Seiten hin entwickelt, aber es ist kein Grund einzusehen, warum wir uns nicht ergänzen sollten. Ihr habt an Macht gewonnen auf Kosten eurer Ruhe. Wir haben Harmonie geschaffen, die Angriffen vielleicht zu weich nachgibt. Und doch, glaubt es mir, der Osten ist in manchem besser dran als der Westen.

Seltsam genug -- die Menschheit beider hat sich bisher immer nur in dem Tee gefunden, in der einzigen asiatischen Zeremonie, die sich allgemeine Achtung erworben hat. Der Weiße hat unsere Religion und unsere Moral verspottet, aber das braune Getränk ohne Zögern angenommen. Der Nachmittagstee ist heute der europäischen Gesellschaft wichtigste Angelegenheit. In dem leichten Geklapper von Geschirr und Tablett, in dem zarten Rauschen fraulicher Gastlichkeit, in dem gemeinsamen Credo von Sahne und Zucker erkennen wir, wie fest der Teekult dort wurzelt. Die philosophische Resignation des Gastes, mit der er sich, wartend auf das zweifelhafte Gebräu, seinem Schicksal ergibt, ist Beweis genug, daß in diesem Sonderfall zumindest der Geist des Orients unumstritten herrscht.

*

Die früheste Kunde vom Tee, die sich in den europäischen Schriften findet, soll in den Angaben eines arabischen Reisenden enthalten sein, wonach die Haupteinkünfte in Kanton seit dem Jahre 879 in den Zöllen auf Salz und Tee bestanden haben. Marco Polo berichtet von der Absetzung eines chinesischen Finanzministers um das Jahr 1285 wegen willkürlicher Erhöhung der

Teesteuern. Aber erst in der Ära der ersten großen Entdeckungsreisen begann Europa, den äußersten Orient besser kennen zu lernen. Ende des sechzehnten Jahrhunderts brachten die Holländer die Kunde von einem angenehmen Getränk heim, das im Osten aus den Blättern eines Strauches gebraut wurde. Die Weltreisenden Giovanni Battista Ramusio (1559), L. Almeida (1576), Maffeno (1588), Tareira (1610) erwähnten ebenfalls den Tee. In dem letztgenannten Jahr brachten Schiffe der holländischen Ost-Indien-Gesellschaft den ersten Tee nach Europa. In Frankreich wurde er erst 1636 bekannt. 1638 kam er nach Rußland, 1650 nach England, das von ihm sprach als von „jenem vortrefflichen und von vielen Ärzten gebilligten chinesischen Getränk, das von den Chinesen Tcha, und von andern Nationen Tay, alias Tee benamset wird". Wie allen guten Dingen dieser Welt erging es auch dem Tee. Seine Propaganda stieß auf Widerstand. Ketzer wie Henry Saville (1678) schalten das Teetrinken einen „schmutzigen Brauch". Jonas Hanway (Essai über den Tee, 1756) meinte, daß die Männer ihre Gestalt und Wohlbildung, die Frauen ihre Schönheit durch seinen Genuß verlören. Der anfänglich hohe Teepreis (ungefähr 15 bis 16 Schilling das Pfund) versagte dem gemeinen Volke seinen Gebrauch und erhob ihn zu „einem Reservat für hohe Feste und Lustbarkeiten und zu etwas Vornehmem, davon man Fürsten und Großen Geschenke zu machen pflegte". Aber trotz aller dieser Nachteile verbreitete sich die Sitte des Teetrinkens mit erstaunlicher Schnelligkeit. Die Londoner Kaffeehäuser in der ersten Hälfte des achtzehnten Jahrhunderts wurden in Wahrheit „Teehäuser", Stammplätze von Schöngeistern wie Addison und Steele, die sich „über ihrer Kanne Tee" die Zeit vertrieben. Das Getränk wurde dann sehr bald Gegenstand des täglichen Bedarfs und somit ein brauchbarer Steuerartikel.

Hierbei wird man an die wichtige Rolle erinnert, die diese Tatsache in der neueren Geschichte spielte. Die amerikanischen Kolonien hätten sich vielleicht mit ihrer Knechtung ganz abgefunden, wenn nicht der Faden ihrer doch nur menschlichen Geduld von den hohen Teezöllen zerrissen wäre. Die amerikanische Unabhängigkeit datiert von dem Tage an, an dem die Teekisten im Bostoner Hafen über Bord geworfen wurden.

Der Geschmack des Tees hat seinen verborgenen Reiz, der unwiderstehlich genug ist, um idealisiert zu werden. Europas Humoristen säumten auch nicht, die Würze ihrer Gedanken mit seinem Duft zu vermählen, denn er hat nichts von der Arroganz des

Weins, der Selbstbewußtheit des Kaffees und auch nicht die zimperliche Unschuld des Kakaos. Schon 1711 erklärte der „Spectator“: „Ich möchte darum in ganz besonderer Weise diese, meine Spekulationen allen wohlsituierten Familien, die allmorgendlich eine Stunde für den Tee, Brot und Butter erübrigen, ans Herz legen, und möchte sie ernstlich um ihres eigenen Wohles willen darum ersuchen, selbige Order zu geben, damit ihnen diese Zeitung pünktlichst serviert und von ihnen als unerläßlicher Teil des Morgentees betrachtet werde.“ Samuel Johnson malt sich als einen „hartgesottenen, schamlosen Teetrinker, der zwanzig Jahre lang seine Mahlzeiten ausschließlich mit jenem zauberischen Gebräu begossen hat, der mit Tee den Abend verlustierte, mit Tee sich zur Mitternacht tröstete und mit Tee den Morgen bewillkommnete“.

Der geschworene Anhänger des Tees, Charles Lamb, hat aber den wahren Geist des Teeismus erfaßt, wenn er schreibt, daß für ihn die größte Freude darin bestünde, heimlich eine gute Tat zu tun oder sie durch Zufall zu entdecken. Denn der Teeismus ist die Kunst, Schönheit zu verbergen, auf daß man sie entdecke, und anzudeuten, was man nicht zu enthüllen wagt. Er ist das stolze Geheimnis, über sich selbst still und tief zu lachen und somit der Humor selbst -- das Lächeln des Philosophen. Alle echten Humoristen können in diesem

Sinne als Philosophen des Tees bezeichnet werden -- Thackeray und selbstverständlich auch Shakespeare. Die Dichter der Décadence -- wann war die Welt nicht dekadent -- haben, indem sie gegen den Materialismus protestierten, in gewissem Grade dem Teeismus den Weg geebnet. Vielleicht ist heutzutage unser sittsames Meditieren über das Unvollkommene das beste Mittel, daß sich West und Ost in gegenseitiger Tröstung finden.

Die Taoisten erzählen, daß zum großen Anfang des Nichtanfangs Geist und Materie sich in tödlichem Kampfe begegneten. Schließlich triumphierte der „Gelbe Kaiser", die Sonne des Himmels, über Kung-kung, den Dämon der Finsternis und der Erde. Der Titan stieß in seinem Todeskampf mit dem Kopf gegen das Sonnengewölbe und zerspliß den blauen Dom aus Nephrit in tausend Stücke. Die Sterne fielen aus ihren Nestern, der Mond wanderte ziellos durch die wilden Gründe der Nacht. Verzweifelt sah der Gelbe Kaiser sich weit und breit um nach einem, der ihm seinen Himmel ausbessern könnte. Er sollte nicht vergeblich suchen. Empor aus der östlichen See stieg eine Königin, die göttliche Nü-kua, horngekrönt und mit dem Schweife eines Drachen, blendend in ihrem Flammenpanzer. Sie schweißte in ihrem Zauberkessel den fünffarbigen Regenbogen zusammen und baute Chinas Himmel wieder auf. Aber es heißt auch, daß Nü-kua vergaß, zwei winzig kleine Risse in dem blauen Firmamente auszubessern, und also begann die Zweiheit der Liebe -- zwei Seelen rollten durch den Raum, die niemals ruhen sollen, bis sie sich vereinigen, um das All zu vollenden. Jedermann hat von neuem seinen Himmel von Hoffnung und Frieden zu erbauen.

Der Himmel der modernen Menschheit ist in Wahrheit geborsten bei dem zyklopischen Ringen um Macht und Reichtum. Die Welt tastet im Dunkel des Egoismus und der Niedrigkeit. Wissen wird um den Preis des guten Gewissens erworben, Wohltat geschieht um des Nutzens willen. Osten und Westen kämpfen wie zwei in die tosende See gestürzte Drachen vergeblich um das Kleinod des Lebens. Wir brauchen eine Nü-kua, um die große Zerstörung wieder gutzumachen. Wir warten auf den großen Avatara. Bis dahin laßt uns einen kleinen Schluck Tee trinken. Der Abendschein taucht den Bambus in Licht, die Brunnen plätschern, vor Entzücken, das Sausen der Tannen klingt wider im Teekessel. Laßt uns von der Vergänglichkeit träumen und verweilen bei der lieblichen Torheit der Dinge.

2. Kapitel

Die Schulen des Tees

Der Tee ist ein Kunstwerk und braucht Meisterhände, um seine edelsten Eigenschaften zur Geltung zu bringen. Es gibt guten und schlechten Tee, wie es gute und schlechte Bilder gibt -- meistens schlechte. Es gibt kein bestimmtes Rezept für die Bereitung vollkommenen Tees, wie es ja auch keine Normen für die Erschaffung eines Tizians oder Sessons gibt. Jede Art, die Teeblätter herzurichten, hat ihre Individualität, ihr besonderes Verhältnis zu Wasser und Wärme, hat ihre Erbschaft an Erinnerungen und weiß höchsteigen ihre Geschichte zu erzählen. Aber das wahrhaft Schöne muß ihr stets innewohnen. Wieviel müssen wir nicht leiden durch das fortgesetzte Unvermögen der Gesellschaft, dieses einfache Grundgesetz von Kunst und Leben zu erkennen. Der Sung-Dichter Li Chih-lai hat einmal traurig gesagt: „Drei Dinge auf dieser Welt sind höchst beklagenswert: das Verderben bester Jugend durch falsche Erziehung, das Schänden bester Bilder durch gemeines Begaffen und die Verschwendung besten Tees durch unsachgemäße Behandlung.“

Wie die Kunst, so hat auch der Tee seine Perioden und seine Schulen. Seine Entwicklung läßt sich kurzerhand in drei Hauptabschnitte einteilen: In die des gekochten Tees, in die des geschlagenen Tees und in die des gebrühten Tees. Wir Menschen von heute gehören zur letzten Schule. Diese verschiedenen Methoden, das Getränk zu würdigen, sind charakteristisch für den Geist der Zeitalter, in dem sie herrschten. Denn Leben ist ein Sich-Ausdrücken, unser unbewußtes Handeln ist ein dauerndes Aufdecken innerster Gedanken. Konfuzius sagt einmal, „Menschen können sich nicht verbergen“. Vielleicht offenbaren wir uns viel zu viel im Kleinen, weil wir im Großen nichts zu verbergen haben. Die winzigen Alltagsbegebenheiten des Lebens sind nicht minder Ausdruck der Rassenideale als die höchsten Flüge von Philosophie und Dichtung. So wie die verschiedenen Lieblingsgetränke die Eigenheiten der verschiedenen Zeitläufte und Nationalitäten Europas kennzeichnen, so sind auch die jeweiligen Tee-Ideale bezeichnend für die Gefühlsperioden der östlichen Kultur. Der Teekuchen, der gekocht wurde, der Pulvertee, der geschlagen wurde, und der Blättertee, der gebrüht wurde, bringen die scharf voneinander geschiedenen Gefühlsimpulse der T'ang-, der Sung- und der Ming-Dynastie zum Ausdruck. Wollten wir für unsere

Zwecke die vielgeschmähte Terminologie der Kunstklassifizierung entlehnen, so könnten wir sie als klassische, romantische und naturalistische Schule des Tees bezeichnen.

Die in Südchina heimische Teepflanze war schon von altersher der chinesischen Botanik und Medizin bekannt. Sie wird von den Klassikern mit den verschiedensten Namen als T'u, Sheh, Ch'uan, Kia und Ming bezeichnet und war hochgeschätzt wegen ihrer Eigenschaften, Mattigkeit zu lindern, den Willen zu stärken und Sehkraft wiederzugeben. Sie wurde nicht nur als innere Medizin, sondern häufig auch äußerlich angewandt in der Form von Pasten gegen rheumatische Schmerzen. Die Taoisten erklären sie sogar für einen wichtigen Bestandteil des Elixiers der Unsterblichkeit. Die Buddhisten bedienen sich ihrer in ausgiebiger Weise als Mittel gegen Schläfrigkeit in den langen Stunden ihrer Meditation. Mit dem vierten und fünften Jahrhundert wurde der Tee Lieblingsgetränk der Bewohner des Yang-tze-kiang-Tales. Etwa um diese Zeit wurde auch das moderne Ideogramm Ch'a geprägt, offenbar in Korrumpierung des klassischen „T'u“. Die Dichter der südlichen Dynastien haben uns eine Reihe von Fragmenten hinterlassen, die von ihrer glühenden Verehrung für den „Schaum vom flüssigen Nephrit“ zeugen. Damals pflegten auch die Kaiser ihre hohen Minister zum Dank für hervorragende Verdienste mit seltenen Rezepten der Teeblätterbereitung zu belohnen. Dennoch war die Art des Teetrinkens um diese Zeit noch äußerst primitiv. Die Blätter wurden gedämpft, im Mörser zerstoßen, zu einem Kuchen geformt und zusammen mit Reis, Ingwer, Salz, Apfelsinenschalen, Gewürzen, Milch und mitunter sogar Zwiebeln gekocht! Dieser Brauch hat sich bis auf den heutigen Tag bei den Tibetanern und einzelnen mongolischen Stämmen erhalten, die sich aus diesen Bestandteilen einen seltsamen Sirup brauen. Auch der Gebrauch von Zitronenscheiben bei den Russen, die das Teetrinken in den chinesischen Karawansereien lernten, scheint ein Überrest dieser alten Sitte zu sein.

Es bedurfte des Genies der T'ang-Dynastie, um den Tee aus diesem rohen Zustand zu befreien und ihn seiner schließlichen Idealisierung entgegenzuführen. In Luh Yü -- um die Mitte des achten Jahrhunderts -- finden wir den ersten Apostel des Tees. Er wurde zu einer Zeit geboren, da Buddhismus, Taoismus und Konfuzianismus ihre gemeinsame Synthese suchten. Der pantheistische Symbolismus der Zeit drängte darauf hin, das Allgemeine im Besonderen zu spiegeln. Luh Yü, der Dichter, erkannte in der Teebereitung die gleiche Harmonie und Ordnung, die in allen Dingen herrscht. In seinem berühmten Werk, dem „Ch'a-king“, der Heiligen Schrift vom Tee, schuf er sein Gesetzbuch. Seither wird er denn auch von den chinesischen Teehändlern als ihre Standesgottheit verehrt.

Das „Ch'a-king“ besteht aus drei Bänden und zehn Kapiteln. Im ersten Kapitel spricht Luh Yü von der Natur der Teepflanze, im zweiten von den zum Sammeln der Blätter erforderlichen Geräten, im dritten von ihrer Auslese. Nach Luh Yü muß die beste Sorte Teeblätter „Falten zeigen wie die Lederstiefel der tartarischen Reiter, sich zusammenrollen wie die Wamme eines gewaltigen Stiers, sich entfalten wie Nebel, die einer Schlucht entsteigen, leuchten wie ein vom Zephirhauch berührter See, und feucht und weich sein wie feine, eben erst vom Regen bespülte Erde“.

Das vierte Kapitel ist der Aufzählung und Schilderung der vierundzwanzig Teile des Teegerätes gewidmet. Es beginnt mit der dreibeinigen Kohlenpfanne und endet mit dem Bambusschränkchen, das alle diese Utensilien enthält. Hier offenbart sich Luh Yüs Vorliebe für den Symbolismus der Taoisten. In diesem Zusammenhang ist es interessant, den Einfluß des Tees auf die Keramik zu beobachten. Die Porzellankunst Chinas geht aus von dem Versuch, den wundervollen Ton des Nephrits nachzuschaffen, und vollendet sich zur Zeit der T'ang-Dynastie in der blauen Glasur des Südens und der weißen Glasur des Nordens. Luh Yü hielt Blau für die ideale Farbe der Teetasse, da es das Grün des Getränkes noch verstärke, während Weiß den Trank bläßlich rot und abstoßend erscheinen lasse. So sah er es, weil er sich noch des Teekuchens bediente. Später, als die Teemeister der Sung-Periode den gepulverten Tee gebrauchten, zogen sie schwere blauschwarze und dunkelbraune Schalen vor. Die Ming mit ihrem gebrühten Tee dagegen liebten das leichte, weiße Porzellan.

In seinem fünften Kapitel schildert Luh Yü die Art der Teebereitung. Er verbannt alle Zutaten bis auf das Salz. Er verweilt auch bei der vielerörterten Frage nach der Wahl des Wassers und dem richtigen Grad, es zu kochen. Nach ihm ist das Quellwasser aus den Bergen das beste Wasser, dann folgen Flußwasser und das gewöhnliche Quellwasser. Beim Kochen nennt er drei Grade: den ersten, wenn kleine Blasen wie Fischaugen auf der Oberfläche erscheinen; den zweiten, wenn die Blasen wie Kristallperlen in einem Brunnen rinnen; den dritten, wenn die Wogen im Kessel sich wild aufbäumen. Der Teekuchen wird vor dem Feuer geröstet, bis er weich ist wie ein Kinderarm, und dann zwischen zwei Stücken feinen Papiers zerrieben. Salz wird bei dem ersten Kochgrad, der Tee beim zweiten hineingetan. Beim dritten Grad wird ein Löffel kalten Wassers in den Kessel geschüttet, damit der Tee sich setze und die „Jugend des Wassers sich erneuere“. Dann wird das Getränk in die Tassen gegossen und getrunken. Welcher Nektar! Das duftige Blättchen hängt wie eine schimmernde Wolke am heiteren Himmel oder schwimmt gleich einer Wasserrose auf smaragdgrünem Fluß. So war der Trank, von dem Lo Tung, ein Dichter der T'ang-Zeit, schrieb: „Die erste Tasse feuchtet mir Lippen und Kehle. Die zweite zerbricht meine Einsamkeit, die dritte dringt mir ins unfruchtbare Gedärm, um dort nichts als einige fünftausend Bände wunderlicher Ideogramme zu finden. Die vierte Tasse bringt mich leicht in Schweiß -- das ganze Unrecht dieses Lebens zieht durch die Poren ab. Bei der fünften Tasse ist die Reinigung vollzogen; die sechste Tasse ruft mich in die Regionen der Unsterblichkeit. Die siebente Tasse -- ach, ich kann nicht weiter trinken. Ich liebe nichts als den kühlen Windhauch, der meine Ärmel hebt. Wo ist Horai-san? Laßt mich auf diesem lieblichen Winde fahren und dorthin entschweben.“

Die anderen Kapitel des „Ch'a-king“ handeln von der Gewöhnlichkeit der üblichen Methoden des Teetrinkens. Sie enthalten einen historischen Überblick über die großen Teetrinker und die berühmten Teeplantagen Chinas, zählen die noch möglichen Variationen des Teezeremoniells auf und bringen Illustrationen der verschiedenen Teegeräte. Das letzte Kapitel ist unglücklicherweise verloren gegangen.

Das Erscheinen des „Ch'a-king“ muß seinerzeit beträchtliches Aufsehen erregt haben. Luh Yü erfreute sich der Gunst des Kaisers T'ai-tsung (763-780), und sein Ruhm führte ihm zahlreiche Jünger zu. Von einigen Stutzern will man wissen, daß sie sogar den von Luh Yü bereiteten Tee von dem seiner Schüler zu unterscheiden vermocht hätten. Ja, es gibt einen Mandarin, dessen Name unsterblich geworden ist, weil er den Tee dieses großen Meisters nicht zu würdigen verstand.

In der Sung-Dynastie kam der geschlagene Tee in Mode und schuf so die zweite Schule des Tees. Die Blätter wurden in einer kleinen Steinmühle zu feinem Pulver zermahlen und mittels eines feinen Besens aus gespaltenem Bambusrohr geschlagen. Diese neue Prozedur führte zu einer Reihe von Veränderungen in den Luh Yü'schen Teegeräten und auch in der Wahl der Blätter. Das Salz wurde auf immer fallen gelassen. Die Begeisterung der Sungleute für den Tee kannte keine Grenzen. Die Feinschmecker wetteiferten miteinander in der Entdeckung neuer Teesorten. In regelrechten Turnieren wurde über ihre Güte entschieden. Der Kaiser Hui-tsung (1101-1126), der ein viel zu großer Künstler war, um ein braver Monarch zu sein, verschwendete seine Schätze in der Jagd auf seltene Teesorten. Er selbst schrieb eine Abhandlung über die zwanzig Arten des Tees, von denen er den weißen Tee als den seltensten und feinsten pries.

Das Tee-Ideal der Sung-Zeit unterscheidet sich von dem der Tangs genau so wie ihre Lebensauffassung. Die Sung suchten zu verwirklichen, was ihre Vorgänger zu symbolisieren trachteten. Dem Neo-Konfuzianismus spiegelt sich das kosmische Gesetz keineswegs in der Welt der Erscheinungen, sondern für ihn war die Welt das kosmische Gesetz selbst. Äonen waren nichts als Augenblicke, Nirvana stets handgreiflich nahe. Die Auffassung der Taoisten, daß Unsterblichkeit in ewigem Wechsel beruht, durchdrang all ihre Gedankenrichtungen. Der Vorgang, nicht die Tat selbst, war das Bedeutsame. Das Vollendende, nicht das Vollendete war das Lebenswichtige. Der Mensch sah sich so plötzlich Aug in Auge mit der Natur. Ein neuer Sinn bemächtigte sich allmählich der Kunst des Lebens. Der Tee hörte auf, nur mehr poetischer Zeitvertreib zu sein; er wurde zu einem Mittel der Selbsterkenntnis. Wang Yü-ch'eng pries den Tee, „der seine Seele unmittelbar wie eine Stimme überflute, und dessen feine Bitterkeit an den Nachgeschmack eines guten Rats erinnere". Su Tung-p'o redete von der Kraft der unbefleckten Reinheit im Tee, die der Verderbnis ebenso wie der in Wahrheit tugendhafte Mensch zu trotzen wisse. Unter den Buddhisten bildete die südliche Sekte der Zen, die in sich so viele taoistische Lehren verkörpert, ein kompliziertes Tee-Ritual aus. Die Mönche pflegten sich vor dem Bildnis Bodhidharmas zu versammeln und nahmen den Tee aus einer einzigen Schale mit der ganzen Feierlichkeit eines heiligen Sakraments. Aus diesem Zen-Ritual entwickelte sich schließlich auch die japanische Tee-Zeremonie des fünfzehnten Jahrhunderts.

Leider vernichtete der Einbruch der mongolischen Stämme im dreizehnten Jahrhundert, der mit der Verwüstung Chinas und seiner Unterwerfung unter die barbarische Herrschaft der Yüan-Kaiser endete, alle Früchte der Sung-Kultur. Die eingesessene Ming-Dynastie, die um die Mitte des fünfzehnten Jahrhunderts den Versuch einer nationalen Wiedergeburt unternahm, war durch innere Unruhen gestört, und China geriet im siebzehnten Jahrhundert wieder unter die Fremdherrschaft der Mandschu. Die

Sitten und Gebräuche wechselten, so daß keine Spur der alten Zeiten übrig blieb. Der Pulvertee ist ganz vergessen. Wir sehen einen Ming-Kommentator außerstande, die Form des Schlägers, wie ihn die Sung-Klassiker erwähnen, zu beschreiben. Der Tee wird nunmehr getrunken, indem man die Blätter in einer Schale oder Tasse heißen Wassers aufbrüht. Der Grund, warum dem Westen die älteren Methoden des Teetrinkens fremd geblieben sind, liegt eben darin, daß Europa das Getränk erst am Ausgang der Ming-Dynastie kennen lernte.

Dem Chinesen unserer Tage ist der Tee zwar ein köstliches Getränk, keineswegs aber ein Ideal. Die langen Leiden seines Vaterlandes haben ihm das inbrünstige Verlangen nach dem Sinne des Lebens genommen. Er ist modern, will sagen, alt geworden und entzaubert. Er hat den göttlichen Glauben an die Illusion verloren, der die ewige Kraft und Jugend der alten Dichter und Weisen darstellt. Er ist ein Eklektiker und nimmt höflich, wie in allem, die Traditionen der Welt an. Er spielt wohl mit der Natur, läßt sich aber nicht dazu herab, sie zu erobern oder anzubeten. Sein Blättertee ist oft wunderbar in seinem blütengleichen Duft, aber von der Romantik des Tang- oder Sung-Zeremonials ist in seiner Schale nichts verblieben.

Japan, das der chinesischen Kultur dicht auf den Fersen folgte, hat den Tee in allen seinen drei Perioden kennen gelernt. Bereits im Jahre 729 steht geschrieben, daß der Kaiser Shomu in seinem Palaste in Nara hundert Mönche mit Tee bewirtete. Die Blätter wurden wahrscheinlich von unseren Gesandten am Tang-Hofe nach Japan eingeführt und, wie es damals Mode war, hergerichtet. 801 brachte der Mönch Saicho einigen Teesamen mit und pflanzte ihn in Hiei-zan an. In den folgenden Jahrhunderten erfährt man von einer ganzen Reihe von Teegärten und von dem Entzücken, das der Adel und die Priesterschaft am Teetrinken hatte. Der Tee der Sung-Periode kam 1191 mit der Rückkehr Eizai-zenjis nach Japan hinüber, der zum Studium der südlichen Zen-Schule dorthin gegangen war. Die neuen Sorten, die er nach Hause brachte, wurden mit Erfolg an drei verschiedenen Stätten angepflanzt. Eine von ihnen ist der Uji-Distrikt bei Kyoto, der noch heute den Ruf genießt, den besten Tee der Welt hervorzubringen. Die südlichen Zen verbreiteten sich mit erstaunlicher Schnelligkeit und damit auch das Tee-Ritual und -Ideal der Sung-Periode. Im fünfzehnten Jahrhundert erfolgte unter dem Schutze des Schoguns Ashikaga Yoshimasa die vollständige Aufrichtung des Tee-Rituals und seine Umwandlung zur Weltlichkeit. Seither ist der Teeismus in ganz Japan heimisch. Der

Genuß des von dem neueren China übernommenen gebrühten Tees ist bei uns erst verhältnismäßig jüngeren Datums. Er ist erst seit der Mitte des siebzehnten Jahrhunderts bekannt. Im täglichen Gebrauch hat er den Pulvertee bei uns ersetzt, wenn auch diese Form des Tees nach wie vor als der Tee aller Tees gilt.

Gerade in dem Tee-Zeremoniell Japans sehen wir das Tee-Ideal seinen Höhepunkt erreichen. Der erfolgreiche Widerstand, den wir 1281 der mongolischen Invasion entgegensetzten, setzte uns instand, die in China selbst durch den Nomadeneinfall so verhängnisvoll abgeschnittene Sung-Bewegung weiter zu entwickeln. Bei uns ist der Tee mehr geworden als eine Idealisierung der Form, ihn zu trinken. Er ist Religion der Kunst des Lebens. Das Getränk wurde allmählich zum Vorwand für einen Kult der Reinheit und Verfeinerung; es wurde eine heilige Handlung, bei der sich Gast und Wirt für den Augenblick zu höchster weltlicher Glückseligkeit vereinten. Der Teeraum bildete eine Oase in der öden Wüstenei des Daseins, wo müde Wanderer sich begegnen konnten, um sich an dem gemeinsamen Quell des Kunstgenusses zu erquicken. Das Zeremoniell stellte ein improvisiertes Drama dar, dessen Handlung sich um den Tee, die Blumen und die Bilder flocht. Kein Farbenklang durfte den Ton des Zimmers stören, kein Geräusch den

Rhythmus der Dinge unterbrechen, keine Gebärde die Harmonie auflösen, kein Wort die Einheit der Umgebung zerstören. Alle Bewegungen sollten einfach und natürlich sein. Das waren die Ziele des Tee-Zeremonials. Und -- seltsam genug -- sie wurden oft erreicht. Eine tiefe Philosophie lag hinter alledem. Teeismus war Taoismus in Verkleidung.

3. Kapitel

Taoismus und Zennismus

Die Vermählung des Zennismus mit dem Tee ist sprichwörtlich geworden. Es ist bereits darauf hingewiesen, daß sich das Teezeremoniell aus den Zen-Riten entwickelt hat. Auch der Name Lao-tzes, des Begründers des Taoismus, ist eng mit der Geschichte des Tees verbunden. In dem chinesischen Schulhandbuch über den Ursprung von Sitten und Gebräuchen steht geschrieben, daß das zeremonielle Anbieten des Tees mit Kuan Yin, einem bekannten Jünger Lao-tzes, seinen Anfang nahm, der zum erstenmal an den Toren des Han-Passes dem alten Philosophen eine Schale des goldenen Elixiers reichte. Wir wollen uns mit der Untersuchung über die Echtheit solcher Geschichten nicht abgeben; sie sind nur insofern wertvoll, als sie den frühen Gebrauch des Getränks bei den Taoisten bestätigen. Was uns am Taoismus und Zennismus hier am meisten interessiert, sind die Ideen über Leben und Kunst, die in dem sogenannten Teeismus verkörpert sind.

Bedauerlich ist, daß es eine ausreichende Darstellung der taoistischen und zennistischen Lehren in einer fremden Sprache bisher nicht gibt, wenn auch verschiedene lobenswerte Versuche dazu vorliegen. Jede Übersetzung ist an sich eine Schändung, und die beste kann, wie ein Ming-Autor einmal gesagt hat, nur sein wie die linke Seite eines Brokats: die einzelnen Fäden sind zwar alle vorhanden, es fehlt aber doch die Feinheit von Farbe und Dessin. Indessen, welche große Lehre ließe sich ohne Schwierigkeiten auslegen? Niemals haben die alten Weisen ihre Lehre in eine systematische Form gebracht. Sie redeten in Paradoxen aus Furcht, Halbwahrheiten zu sagen. Sie begannen ihre Reden wie Narren, und am Ende waren ihre Hörer Weise. Lao-tze sagt mit dem ihm eigenen launigen Humor: „Wenn Menschen niederen Verstandes vom Tao hören, lachen sie gewaltig. Das Tao wäre ja auch nicht das Tao, wenn es nicht verlacht würde.“

Wörtlich bedeutet Tao Pfad. Das Wort ist auch als der Weg, als das Absolute, das Gesetz, Natur, höchste Vernunft oder Modus übersetzt worden. Diese Wiedergaben sind an sich nicht unrichtig, denn die Bedeutung des Wortes ändert sich auch bei den Taoisten je nach dem Gegenstand ihrer Untersuchungen. Lao-tze selbst hat wie folgt von ihm geredet: „Es gibt ein Ding, das ist allumfassend und ist geboren, ehe noch Himmel und Erde waren. Welche Stille! Welche Einsamkeit! Es steht allein und wandelt sich nicht, es dreht sich, ohne sich selbst zu gefährden, und ist die Mutter des Alls. Ich kenne nicht seinen Namen und nenne es darum den Pfad. Zögernd nenne ich es die Unendlichkeit. Das Unendliche ist das Enteilende, das Enteilende ist das Entschwindende, das Entschwindende ist die Wiederkehr." Tao ist mehr Übergang als Pfad. Er ist Geist des kosmischen Wandels, das ewige Wachstum, das in sich wiederkehrt, um neue Formen zu gebären. Er windet sich zu sich selbst zurück wie der Drachen, das vielbeliebte Symbol der Taoisten. Er faltet und entfaltet sich wie die Wolken. Das Tao kann man also als den großen Übergang bezeichnen. Subjektiv genommen ist es die Stimmung des Alls. Sein Absolutes ist das Relative.

Vor allem darf man nicht vergessen, daß der Taoismus, wie sein legitimer Nachfolger, der Zennismus, die individualistische

Strömung des südchinesischen Intellekts im ausgesprochenen Gegensatz zu dem im Konfuzianismus sich ausdrückenden Kommunismus Nordchinas darstellt. Das Reich der Mitte ist so groß wie Europa, und die Differenzierung seiner Eigenarten ist charakteristisch durch die beiden großen Flußsysteme, die es durchströmen, dargestellt. Der Yang-tze-kiang und der Huang-ho sind sein Mittelmeer und seine Ostsee. Selbst heute noch unterscheidet sich der südliche Sohn des himmlischen Reiches trotz jahrhundertealter Einheit von seinem nördlichen Bruder, wie ein Mitglied der lateinischen Rasse sich von den Germanen unterscheidet. In den alten Zeiten, als der Verkehr noch schwieriger war als heute, insbesondere zur Feudalzeit, trat dieser Unterschied im Denken am stärksten zutage. Kunst und Dichtung des einen atmen einen Geist aus, der sich von dem des anderen in allem unterscheidet In Lao-tze und seinen Jüngern wie in Kutsugen (K'üh Yüan), dem Vorläufer der Naturpoeten des Yang-tze-kiang, findet sich ein Individualismus, der sich in keiner Weise mit der prosaischen Ethik der zeitgenössischen Schriftsteller des Nordens in Einklang bringen läßt. Lao-tze lebte fünf Jahrhunderte vor dem christlichen Zeitalter.

Der Keim taoistischer Spekulation läßt sich bereits lange Zeit vor Lao-tze, genannt der „Langohrige“, feststellen. Die archaischen Schriften Chinas, insbesondere das Buch der Wandlungen, spiegeln seine Gedankenwelt voraus. Allein die große Achtung, die man Gesetz und Brauch jener klassischen Periode chinesischer Kultur zollte, die im 16. Jahrhundert vor Christo mit der Gründung der Chou-Dynastie endete, hemmte auf lange Zeit hinaus die Entwicklung des Individualismus. Erst nach der Auflösung der Chou-Dynastie und der Errichtung zahlreicher unabhängiger Königreiche, konnte er sich in der üppigen Blüte der Gedankenfreiheit entfallen. Lao-tze und Soshi (Chuang-tze) waren beide vom Süden und die bedeutendsten Vertreter der neuen Schule. Andererseits suchten Konfuzius und seine zahlreichen Jünger die altväterlichen Konventionen aufrecht zu erhalten. Der Taoismus läßt sich ohne einige Kenntnisse des Konfuzianismus nicht verstehen und umgekehrt.

Wie gesagt: Das taoistische Absolute war das Relative. In der Ethik verlachten die Taoisten Gesetze und Sittenlehren der Gesellschaft, denn für sie waren Gut und Böse nur relative Begriffe. Definition ist stets Begrenzung -- das „Feste“ und „Unwandelbare“ sind nur Ausdrücke für ein Aufhören des Wachtums. Kutsugen (K'üh Yüan) erklärte: „Die Weisen bewegen die Welt." Die Gesetze unserer Moral sind erzeugt von den Bedürfnissen der Gesellschaft von gestern. Soll die Gesellschaft sich denn aber ewig gleich bleiben? Die Befolgung allgemeiner Traditionen schließt ein ständiges Opfern des Individuums an den Staat ein. Bildung züchtet eine Art Unwissenheit auf, um den gewaltigen Trugschluß aufrecht erhalten zu können. Man lehrt die Menschen nicht wahrhafte Tugend, sondern nur Schicklichkeit. Wir sind böse, weil wir uns unseres Ichs entsetzlich bewußt sind. Wir vergeben den anderen niemals, weil wir uns selbst im Unrecht wissen. Wir nähren ein Gewissen, weil wir uns fürchten, den Anderen die Wahrheit zu sagen. Wir flüchten uns in unseren Stolz, weil wir uns fürchten, uns selbst die Wahrheit zu sagen. Wie können wir die Welt ernst nehmen, wo die Welt doch so lächerlich ist! Der Geist des Schachers herrscht überall. Ehre und Keuschheit? Seht, da sitzt der selbstgefällige Handelsmann und hält das Wahre und Gute feil. Selbst die sogenannte Religion ist käuflich. Die Religion, die in Wahrheit nichts ist als Alltagsmoral, geweiht von Blumen und Musik. Nehmt der Kirche ihre Kulissen, und was bleibt übrig? Und doch erfreuen diese Trusts sich eines erstaunlichen Gedeihens, weil die Preise so lächerlich gering sind. Ein Gebet ist gut für eine Fahrkarte in den Himmel, ein Diplom für ein ehrenvolles Bürgerrecht. Man stelle sein Licht rasch unter den Scheffel, denn wäre seine wahre Nützlichkeit der Welt bekannt, so würde sie gar bald von dem öffentlichen Auktionator meistbietend versteigert werden. Warum machen Männer und Frauen so gern und viel Reklame für sich? Ist's anderes als ein von den Tagen der Sklaverei überkommener Instinkt?

Die Lebensfähigkeit der Idee ruht nicht weniger auf ihrer Macht, den Geist der Zeit zu durchbrechen, als auf ihrer Fähigkeit, kommende Bewegungen zu beherrschen. Der Taoismus war solch eine aktive Macht während der T'sin-Dynastie, jener Epoche der Einigkeit, der wir den Namen „China“ verdanken. Es wäre nicht uninteressant, seinen Einfluß auf die damaligen Denker, Mathematiker, Rechts- und Kriegsgelehrten, Mystiker und Alchimisten, wie auf die späteren Naturdichter des Yang-tze-kiang zu verfolgen. Ja, wir dürfen selbst jene Denker nicht übersehen, die sich mit dem Problem der Realität beschäftigten und daran zweifelten, ob ein weißes Pferd auch wirklich sei, nur wegen seiner weißen Farbe und Greifbarkeit. Und auch mit den Konversationalisten der „Sechs Dynastien“ müßten wir uns eigentlich befassen, die ähnlich wie die Zen-Philosophen in Diskussionen über das Reine und Abstrakte schwelgten. Vor allen

Dingen aber müßten wir dem Taoismus danken für das, was er zur Bildung des chinesischen Charakters beigetragen hat, dem er eine gewisse Reserviertheit und Vornehmheit verlieh, die „warm“ war „wie Nephrit“. Die chinesische Historie birgt eine Fülle von Beispielen dafür, daß die Anhänger des Taoismus, ob Fürsten oder Eremiten, sich den Lehren ihres Glaubens mit den verschiedensten und eigenartigsten Ergebnissen hingaben. Ihre Geschichte hätte manch Quentchen Vergnügliches und Belehrendes. Sie würde reich sein an Anekdoten, Allegorien und Aphorismen. Wie gut ließe es sich plaudern mit dem scharmanten Kaiser, der niemals starb, weil er nie gelebt hat. Wir können mit Lieh-tze auf dem Winde reiten und ihn vollkommen ruhig finden, weil wir ja selbst der Wind sind, oder mitten in der Luft, bei dem Alten des Huang-ho verweilen, der zwischen Himmel und Erde lebte, weil er weder dem einen noch der anderen Untertan war. Selbst in der Taoismus-Groteske, die wir im heutigen China sehen, läßt sich in einer Fülle von Bildern schwelgen, wie sie in keinem anderen Kult zu finden sind.

Allein das wichtigste Geschenk des Taoismus an das Leben Asiens liegt auf dem Gebiete der Ästhetik. Die chinesischen Historiker haben vom Taoismus stets als von der „Kunst des In-der-Welt-Seins“ geredet, denn er handelt von der Gegenwart, von uns selbst. In uns begegnet Gott der Natur, scheidet das Gestern sich vom Morgen. Die Gegenwart ist die sich bewegende Unendlichkeit, die legitime Sphäre des Relativen. Die Relativität sucht die Anpassung; Anpassung aber ist Kunst. Die Kunst des Lebens beruht in der konstanten Anpassung an unsere Umgebung. Der Taoismus nimmt das Weltliche hin, wie es ist, und sucht, im Gegensatz zu Konfuzius und den Buddhisten, nach Schönheit in unserer Welt der Pein und Klagen. Die Sung-Allegorie von den drei Essigtrinkern erläutert vorzüglich die verschiedenen Richtungen der drei Lehren. Sakyamuni, Konfuzius und Lao-tze standen einstmals vor einem Krug Essig -- dem Symbol des Lebens, und jeder tauchte seinen Finger in die Flüssigkeit, um sie zu kosten. Der real gesinnte Konfuzius fand sie sauer, der Buddha nannte sie bitter und Lao-tze erklärte sie für süß.

Die Taoisten behaupten, die Komödie des Lebens würde an Interesse gewinnen, wenn jeder sich bemühen wollte, die Einheit zu wahren. Die Proportion der Dinge einzuhalten und anderen Platz zu machen, ohne seiner eigenen Stellung verlustig zu gehen, sei das Geheimnis des Erfolges in dem Drama dieser Welt. Wir müssen das ganze Stück kennen, um unsere eigene Rolle gut zu spielen. Der Begriff des Ganzen darf in der Vorstellung des Einzelnen niemals verloren gehen. Dieser Gedanke wird von Lao-tze in seiner Lieblingsmetapher vom Vakuum illustriert. Er behauptete, daß einzig und allein im Vakuum das wahrhaft Bedeutungsvolle ruhe. Die Realität eines Zimmers ruhe zum Beispiel im leeren Raum, der von Dach und Wänden umschlossen sei, nicht in dem Dach und in den Wänden selbst. Die Nützlichkeit eines Wasserkruges wohne in seiner Leere, in die das Wasser hineingegossen werden könne, nicht in der Form des Kruges oder in dem Material, aus dem er hergestellt sei. Der leere Raum sei allmächtig, weil er allumfassend ist. Im leeren Raum allein wird Bewegung möglich. Wer aus sich selbst einen leeren Raum schüfe, in den hinein die anderen frei hineingehen könnten, wäre Herr aller Situationen. Das Ganze vermag stets die Teile zu beherrschen.

Diese taoistischen Ideen haben das Theoretische all unseres Handelns, selbst beim Fechten und Ringen stark beeinflußt. Jujitsu, die japanische Kunst der Selbstverteidigung, verdankt ihren Namen einer Stelle im Tao-teh-king. Das Jujitsu sucht den Feind zu entkräften und zu erschöpfen durch ein Nicht-Widerstehen, also ein Vakuum. Man spart die eigene Kraft auf bis zum Sieg im Endkampf. Bei der Kunst wird die Bedeutung desselben Prinzips durch den Wert der Suggestivwirkung illustriert. Indem man etwas ungesagt läßt, gibt man dem Beschauer die Möglichkeit, sich die Idee zu vollenden. Damit fesseln die großen Meisterwerke so unwiderstehlich die Aufmerksamkeit, bis der Schauende gleichsam Teil ihrer selbst wird. Ein Vakuum ist vorhanden, in das er eingeht, um es bis zum Rande mit seinem ästhetischen Gefühl auszufüllen.

Wer sich zum Beherrscher der Lebenskunst machen konnte, war der rechte Mann der Taoisten. Mit der Geburt betritt der Taoist das Land der Träume und wacht erst mit dem Tode auf zur Wirklichkeit. Er „mildert seine eigene Helle, um mit der Dunkelheit der anderen zu verschmelzen. Er zaudert wie einer, der im Winter einen Strom überschreiten muß; zögert wie einer, der seine Umgebung fürchtet; ist voller Respekt wie ein Gast; unfest wie Eis vor der Schmelze; ohne Anspruch wie ungeschnitztes Holz; leer wie ein Tal; formlos wie erregte Wasser“. Seines sind die drei Kleinode des Lebens: Mitleid, Wirtschaftlichkeit und Bescheidenheit.

Wenden wir uns nun dem Zennismus zu, so sehen wir, daß er die Lehren des Taoismus noch unterstreicht. Der Name Zen ist hergeleitet von dem sanskritischen Dhyana, das Meditation bedeutet. Der Zennismus will durch geweihte Meditation die höchste Selbsterkenntnis errungen wissen. Die Meditation ist einer der sechs Wege, die zur Buddhaschaft führen; und die zennistischen Sektierer behaupteten, daß Sakyamuni in seinen späteren Lehren besonderes Gewicht auf diese Methode gelegt und ihre Regeln seinem Hauptjünger Kasyapa Übermacht habe. Der Überlieferung nach gab Kasyapa, der erste der Zen-Patriarchen, das Geheimnis an Ananda weiter, der es seinerseits dem folgenden Patriarchen überlieferte, und so fort bis auf den Achtundzwanzigsten, Bodhidharma. Bodhidharma kam in der früheren Hälfte des sechsten Jahrhunderts nach Nordchina und wurde der erste Patriarch der chinesischen Zennisten. Um die Geschichte dieser ersten Patriarchen und ihrer Lehre ist viel Ungewißheit. Seiner äußeren Philosophie nach scheint der frühe Zennismus einerseits mit dem indischen Negativismus von Nagarjuna, andererseits mit der von Sankaracharya formulierten Gnan Philosophie verwandt zu sein. Die erste Lehre der Zennisten, so wie wir sie heute kennen, muß Eino Hui-neng, dem sechsten chinesischen Patriarchen (637-713) des wegen seiner Vorherrschaft in Südchina sogenannten „südlichen Zennismus“ zugeschrieben werden. Ihm folgt kurz darnach der große Baso (Ma-tsu, 788 gestorben), der den Zennismus zu einer lebendigen Kraft im Reiche des Himmels gestaltete. Hyakujo (Peh-jang, 719-814), der Schüler Basos, gründete das erste

Zen-Kloster und stellte Ritual und Regeln für seine Verwaltung auf. In den Disputen der Zen-Schule nach Baso finden wir die geistigen Spielarten des Yang-tze-kiang am Werk, die einheimischen Gedankenrichtungen, im Gegensatz zum einstigen indischen Idealismus, zu vervielfältigen. Was auch Sektiererstolz dagegen behaupten mag, man wird unwillkürlich betroffen durch die Ähnlichkeit des südlichen Zennismus mit den Lehren Lao-tzes und den taoistischen Konversationalisten. Bereits im Tao-teh-king finden wir Anspielungen auf die Bedeutung der Selbstbesinnung und auf die Notwendigkeit, den Atem richtig zu regulieren -- wesentliche Einzelpraktiken der zennistischen Meditationsübungen. Auch einige der besten Kommentare zu den Werken Lao-tzes sind von den zennistischen Gelehrten geschrieben worden.

Der Zennismus ist wie der Taoismus Kult der Relativität. Einer seiner Meister definiert Zennismus als die Kunst, den Polarstern an der südlichen Himmelskugel zu fühlen. Wahrheit läßt sich nur durch Erfassen der Gegensätze begreifen. Wiederum ist der Zennismus, ganz wie der Taoismus, ein strenger Anwalt des Individualismus. Nichts ist wirklich mit Ausnahme des Inhalts unserer Gedanken. Eino, der sechste Patriarch, sah einst zwei

Mönche eine im Winde flatternde Fahne einer Pagode beobachten. Der eine sagte: „Es ist der Wind, der sie bewegt“, der andere behauptete: „Es ist die Fahne, die sich bewegt.“ Eino aber erklärte ihnen, daß die Bewegung in Wahrheit weder im Winde noch in der Fahne läge, sondern in einem Etwas in ihnen selbst. Hyakujo ging im Walde mit einem Jünger spazieren, als ein Hase bei ihrem Nahen flüchtete. „Warum flieht der Hase vor dir?“ fragte Hyakujo. „Weil er Angst vor mir hat“, lautete die Antwort. „Nein,“ erwiderte der Meister, „weil du einen mörderischen Instinkt hast.“ Dies Gespräch erinnert an das, was Soshi (Chuang-tze), der Taoist, sagte, als er eines Tages am Ufer eines Flusses mit einem Freunde spazieren ging. „Wie herrlich sich die Fische im Wasser ihres Lebens freuen!“ rief Soshi. Sein Freund aber sprach zu ihm also: „Du bist kein Fisch; woher weißt du also, daß die Fische sich ihres Lebens freuen?“ „Du bist nicht ich,“ erwiderte Soshi, „woher willst du also wissen, daß ich nicht weiß, daß sich die Fische freuen?“

Der Zennismus stand nicht selten im Widerspruch zur buddhistischen Orthodoxie, wie ja auch der Taoismus zur konfuzischen. Der transzendentalen Einsicht der Zennisten galten Worte nur als Hemmschuhe der Gedanken, die ganze Sammlung buddhistischer Schriften nur als Kommentare zur persönlichen

Spekulation. Die Anhänger des Zennismus strebten nach direkter Verbindung mit dem inneren Sein der Dinge und betrachteten ihre äußeren Eigenschaften nur als Hindernisse für die klare Durchdringung der Wahrheit. Diese Liebe zum Abstrakten war es auch, die die Zennisten dazu führte, Skizzen in Schwarz und Weiß den komplizierten farbigen Malereien der klassisch buddhistischen Schule vorzuziehen. Ja, einige Zennisten wurden durch ihr Streben, lieber den Buddha in sich als in den Bildern und Symbolen zu erkennen, sogar Bilderstürmer. Wir sehen Tankaosho eines Wintertages eine Holzstatue eines Buddha zertrümmern, um damit Feuer zu machen. „Welch eine Schändung!“ meinte entsetzt ein Zuschauer. „Ich will nur die Shari (she-li) aus der Asche gewinnen“, erwiderte gelassen der Zennist.

„Aber aus diesem Bildwerk wirst du nie und nimmer Shari gewinnen“, lautete die zornige Antwort, auf die Tanka erwiderte: „Wenn mir das mißlingt, so ist es entschieden kein Buddha und dann begehe ich auch keine Schändung.“ Und damit kehrte er ihm den Rücken, um sich an dem aufflammenden Feuer zu wärmen.

Ein besonderes Geschenk der Zennisten an die Philosophie des Ostens aber war ihre Anerkennung des Weltlichen als gleichberechtigt mit dem Geistigen. Sie behaupteten, daß es in der großen Verwandtschaft der Dinge miteinander kein Großes und Kleines gäbe. Ein Atom trug für sie die gleichen Möglichkeiten in sich wie das All. Der Sucher nach Vollkommenheit sollte in seinem eigenen Leben den Widerschein des inneren Lichtes finden. Der Aufbau der Zen-Klöster war für diesen Standpunkt sehr bezeichnend. Jedem Mitglied, ausgenommen dem Abte, war ein besonderes Amt in der Klosterpflege übertragen, und merkwürdigerweise erhielten die Novizen die leichteren Pflichten zugemutet, während die am meisten geachteten und fortgeschrittenen Mönche die beschwerlichen und niedrigen Arbeiten verrichten mußten. Diese Art Dienstleistungen bildeten einen Teil der zennistischen Disziplin. Jede, auch die kleinste Handlung mußte bis in das Letzte vollendet geleistet werden. So ist manche gewichtige Diskussion beim Unkrautjäten, Rübenschaben und Teereichen entstanden. Das ganze teeistische Ideal ist eine Folge der zennistischen Anschauungsweise, die auch in den kleinsten Begebenheiten des Lebens das Große sah. Der Taoismus lieferte die Basis für die ästhetischen Ideale, der Zennismus setzte sie in die Praxis um.

4. Kapitel

Der Teeraum

Von den europäischen Architekten, die gebildet sind an den Traditionen von Stein- und Ziegelbau, mag unser japanisches Arbeiten mit Holz und Bambus nur schwer als Baukunst bewertet werden. Erst in allerjüngster Zeit hat ein Fachmann abendländischer Architektur die außerordentliche Vollkommenheit unserer großen Tempelbauten erkannt und ihr seinen Tribut gezollt. Da es sogar unserer klassischen Architektur so geht, wie sollten dann Außenstehende die versteckte Schönheit des Teeraums zu würdigen wissen, zumal er sich in Bau und Ausbau von den Methoden des Abendlandes grundsätzlich unterscheidet.

Der Teeraum (Sukiya) will nichts anderes sein als ein Häuschen, eine Strohhütte. Die ursprünglichen Idiogramme für Sukiya besagen Stätte der Phantasie. Späterhin wurden sie von den verschiedenen Teemeistern, entsprechend ihrer Auffassung vom Teeraum, ersetzt durch andere chinesische Schriftcharaktere, nach denen der Begriff Sukiya etwa bedeuten könnte: Stätte des Leerseins, Stätte mangelnder Symmetrie. Stätte der Phantasie ist der Teeraum, insofern er gebaut ist als vorübergehende Herberge dichterischen

Gefühls. Stätte des Leerseins ist er, insofern er bar ist jeden Schmucks, mit Ausnahme des Wenigen, das dort Platz haben muß, um das ästhetische Bedürfnis des Augenblicks zu befriedigen, und Stätte mangelnder Symmetrie ist er, insofern er bestimmt ist zur Verehrung des Unvollendeten, wobei vorsätzlich einiges unfertig bleibt, um im Spiel der Phantasie vervollkommnet zu werden. Die Ideale des Teeismus haben seit dem sechzehnten Jahrhundert unsere Architektur derartig beeinflußt, daß auch das gewöhnliche japanische Interieur unserer Tage, dank der äußersten Einfachheit und strengen Keuschheit seiner Ausschmückung, dem Ausländer einen fast kahlen Eindruck macht. Der erste für sich stehende Teeraum war eine Schöpfung Sen-no Soyekis, den man gemeinhin mit seinem späteren Namen Rikyu nennt, des größten aller Teemeister, der im sechzehnten Jahrhundert unter dem Patronat Taiko Hideyoshis Grund zu den Formen der Tee-Zeremonie legte und sie zugleich zu hoher Vollendung brachte. Die Maße des Teeraums waren vor ihm von Jowo, einem berühmten Teemeister des fünfzehnten Jahrhunderts, festgelegt worden. Der frühere Teeraum war nur ein Teil des gewöhnlichen Empfangszimmers, von ihm geschieden durch Wandschirme, eine Teetrinkstätte. Dieser abgetrennte Raum hieß: Kakoi (Klause), ein Name, der auch heute noch angewendet wird auf die Teeräume, die in das Haus eingebaut sind, also nicht für sich stehen. Der Sukiya besteht aus dem eigentlichen Teeraum, der nicht mehr als fünf Personen Platz geben soll, also einer Zahl „größer als die Grazien und kleiner als die Musen“, wie das bekannte Wort sagt; ferner dem Vorraum „Mizuya“, wo das Teegerät gespült und angerichtet wird, einer Vorhalle (Machiai), wo die Gäste warten, bis sie den Ruf zum Eintritt in den Teeraum empfangen, und dem „Roji“, einem Gartenpfad, der den Machiai mit dem Teeraum verbindet. Der Teeraum ist äußerlich unscheinbar. Er ist kleiner als das kleinste japanische Haus. Seine Baustoffe sollen den Eindruck kultivierter Armut erwecken, und doch muß man im Auge behalten, daß jede Einzelheit Ergebnis tiefster künstlerischer Überlegung, und daß alles mit einer Sorgsamkeit durchgearbeitet ist, wie sie größer kaum bei dem Bau der reichsten Paläste und Tempel verwandt werden könnte. Ein guter Teeraum kostet mehr als ein Wohnhaus. Denn die Wahl der Materialien und der Arbeitskräfte erfordert die größte Sorgfalt und Exaktheit. So bilden denn auch die Zimmerleute, die unter den Teemeistern arbeiten, eine besondere und hochgeehrte Zunft, denn ihre Arbeit erfordert keine geringere Zartheit als die der Lackarbeiter.

Der Teeraum unterscheidet sich aber nicht nur von jedem Werk abendländischer Architektur, sondern er steht auch im ausgesprochenen Gegensatz zur klassischen Baukunst Japans. Unsere stolzen alten Bauten, die weltlichen sowohl wie die kirchlichen, sind allein schon ihrer Größe wegen nicht zu verachten. Die wenigen, die von den verheerenden Bränden aller Jahrhunderte verschont geblieben sind, überwältigen uns durch die Großartigkeit und den Pomp ihrer Ausschmückung. Riesenpfeiler aus Holz, zwei bis drei Fuß im Durchmesser und dreißig bis vierzig Fuß hoch, tragen mit Hilfe eines vielfältigen Stabnetzwerkes die ungeheuren Balken, die die Wucht der schrägen Ziegeldächer halten. Material wie Bauart haben sich zwar gegen Feuer als widerstandslos erwiesen, hielten aber um so besser die Erdbeben aus und waren den klimatischen Verhältnissen sehr gut angepaßt. In der „Goldenen Halle von Horyu-ji“ und der Pagode von Yakushi-ji haben wir solche bemerkenswerten Beispiele von der Dauerhaftigkeit unserer Holzarchitektur. Fast zwölf Jahrhunderte sind diese Gebäude sozusagen intakt geblieben. Das Innere der alten Tempel und Paläste war verschwenderisch ausgeschmückt. Im Hoodo-Terapel von Uji aus dem zehnten Jahrhundert sehen wir noch heute die reichgearbeiteten Altarhimmel und goldenen Baldachine, vielfarbig mit ihren Intarsien aus Spiegelglas und Perlmutter, und die Reste der alten Malerei und Skulptur, die einst die Wände schmückten. In Nikko und im Nijo-Schloß in Kyoto aus späterer Zeit finden wir die bauliche Schönheit aufgeopfert einem Reichtum an Ornamenten, der in Farbe und Pracht den Details der üppigsten Verschwendung arabischer und maurischer Arbeit gleichkommt.

Die Einfachheit und der Purismus des Teeraums waren eine Folge der Nachbildung von Zen-Klöstern. Das Zen-Kloster unterscheidet sich von dem anderer buddhistischer Sekten dadurch, daß es nichts anderes sein will als Wohnort für die Mönche. Seine Kapelle ist nicht Betstätte oder Wallfahrtsort, sondern ein Studienraum, wo die Schüler sich zu Diskussionen oder Meditationsübungen versammeln. Der Raum ist kahl. Nur hinter dem Altar in einer Mittelnische steht eine Statue Bodhidharmas, des Stifters der Sekte, oder Sakyamunis selbdritt mit Kasyapa und Ananda, den beiden ersten Zen-Patriarchen. Auf dem Altar werden Blumen und Weihrauch dargebracht zum Gedächtnis der großen Gaben, die diese beiden Weisen dem Zen gemacht haben. Es ist bereits gesagt worden, daß durch die Zen-Mönche der Ritus eingeführt wurde, den Tee reihum aus einer Schale vor dem Bildnis Bodhidharmas zu trinken, was den Grund zur ganzen Tee-Zeremonie legte. Bei dieser

Gelegenheit mag auch hinzugefügt werden, daß der Altar der Zen-Kapelle das Urbild des Tokonoma's ist, des Ehrenplatzes im japanischen Teeraum, wo zur Freude der Gäste Blumen und Bilder aufgestellt werden.

Alle unsere großen Teemeister waren Jünger des Zennismus und suchten mit seinem Geiste die Realitäten des Lebens zu durchdringen. So spiegelte denn auch der Raum wie das übrige Zubehör des Tee-Zeremonials manche zennistische Doktrin wider. Schon die Größe des orthodoxen Teeraums, viereinhalb Matten, das sind zehn Fuß im Quadrat, ist bestimmt durch eine Stelle in der Sutra des Vikramaditya. In diesem interessanten Werk heißt irgendwo Vikramaditya den heiligen Manjusri und 84 000 Buddhaschüler in einem Raum solchen Maßes willkommen, eine Allegorie, die auf der Theorie fußt, daß es für den wahrhaft Erleuchteten keinen Raum gibt. Der Roji wiederum, der Gartenpfad vom Machiai zum Teeraum, steht für das erste Stadium der Meditation: ist der Übergang zur inneren Erleuchtung. Der Roji sollte den Zusammenhang mit der Außenwelt brechen und ein von ihr freies Gefühl hervorrufen, das empfänglich macht für den vollen Genuß ästhetischen Empfindens im Teeraum selbst. Wer diesen Pfad gewandelt ist, wird unfehlbar daran gemahnt, wie sein Geist sich über die gewöhnlichen Gedanken erhob, da er in dem Dämmerlicht ewigen Grüns dahinschritt über die regelmäßig -- unregelmäßigen Steine auf den trockenen Tannennadeln, vorbei an den bemoosten Granitlaternen. Man kann mitten in einer Stadt sein und sich dennoch weit weg von ihrem Lärm und Staub wie in einem Walde fühlen. Wahrhaft groß waren die Teemeister im Ausdenken solcher Wirkungen von innerer Reinheit und Klarheit. Das Wesen der Gefühle, wie sie der Gang durch den Roji schafft, war unterschiedlich bei den verschiedenen Teemeistern. Einige wie Rikyu sannen auf äußerste Einsamkeit und meinten, das Geheimnis des Roji läge umschlossen in dem alten Liedchen:

„Ausschau halte ich:
Da sind keine Blumen
Und bunte Blätter.
Am Strande der See
Steht einsam eine Hütte
Im schwindenden Licht
Eines herbstlichen Abends.“

Andere wieder wie Kobori Enshu trachteten nach anderer Wirkung. Enshu meinte die Idee des Gartenpfads in folgenden Verszeilen gefunden zu haben:

„Eine Gruppe sommerlicher Bäume,
Ein Stückchen Meer,
Ein blasser Abendmond."

Es ist nicht schwer, seine Gedanken zu erfassen. Er wollte eben den Zustand einer Seele schaffen, die neu erwachend noch verweilt unter dem Schatten träumender Vergangenheit, noch umflossen ist vom süßen Sich-nicht-wissen im milden Licht des Geistes, und doch schon verlangt nach der Freiheit, die weit im Räume liegt.

Also bereit wird der Gast sich schweigend dem Heiligtume nahen und wird, wenn er ein Samurai ist, sein Schwert auf dem Sims unter dem Dach lassen, denn der Teeraum ist das wahre Haus des Friedens. Dann wird er, sich tief beugend, durch die enge, kaum drei Fuß hohe Tür in den Raum schlüpfen. Diese Prozedur blieb keinem Gast erspart, dem hohen nicht und dem niederen; ihr Sinn war Zucht zur Demut. Die Frage des Vortritts löst gemeinsamer Beschluß beim Warten im Machiai. Dann treten die Gäste einer nach dem anderen lautlos ein und setzen sich erst, nachdem sie dem

Bild oder den Blumen auf dem Tokonoma ihre Reverenz erwiesen haben. Der Gastgeber kommt erst, wenn alle Gäste sitzen und Stille herrscht, die nur das Tönen des kochenden Wassers im Eisenkessel unterbricht. Der Kessel singt gut, denn auf seinem Grund sind Eisenstückchen so gelegt, daß sie eine eigene Melodie erzeugen, aus der man das Echo zu hören meint von einem Katarakt, abgedämpft durch Wolken, das Echo fernen Meers, brandend an den Felsen, des Regensturms, der durch den Bambuswald peitscht, und auch das Echo sausender Tannen auf irgendeinem weiten Hügel.

Selbst bei Tage ist das Licht im Raum gedämpft, denn die niederen Giebel des schiefen Daches lassen nur wenig Sonnenstrahlen ein. Alles ist ruhig in der Farbe von der Decke bis zum Boden; auch die Gäste wählen sorgfältig Kleider von unauffälligen Farben. Reife Milde des Alters ruht über allem. Was irgend aussehen könnte, als wäre es neu angeschafft, ist verbannt. Im Kontrast dazu stehen einzig Bambusschöpfer und leinenes Mundtuch, die beide makellos weiß und frisch sind. So abgebraucht Teeraum und Gerät auch sein mögen, alles ist restlos sauber. Auch in der dunkelsten Ecke findet sich kein Körnchen Staub, denn, wenn es da wäre, so wäre der Gastgeber kein Teemeister. Eine der unerläßlichen Eigenschaften eines Teemeisters ist das Wissen ums Fegen, Reinigen und

Waschen. Reinigen und Abstauben ist auch eine Kunst. Ein Stück antiker Metallarbeit darf nicht mit dem rücksichtslosen Übereifer einer holländischen Hausfrau bearbeitet werden. Wassertropfen von einer Blumenvase brauchen nicht weggewischt zu werden, denn sie mahnen die Phantasie an Tau und Kühle.

In diesen Zusammenhang gehört eine Geschichte von Rikyu, die recht gut die Reinlichkeitsbegriffe, wie sie von den Teemeistern gepflegt werden, illustriert. Rikyu sah einmal seinem Sohne Shoan zu, wie er den Gartenpfad fegte und sprengte. „Nicht rein genug", sagte Rikyu, als Shoan mit seiner Arbeit fertig war, und hieß sie ihn von neuem beginnen. Nach einer harten Stunde Arbeit kam der Sohn wieder zu Rikyu und sagte: „Vater, es ist nichts mehr zu tun. Die Stufen sind schon zum dritten Male gewaschen, die Steinlaternen und die Bäume gut abgesprengt, Moos und Flechten leuchten in grüner Frische; ich ließ auch keinen Zweig und kein Blatt auf dem Boden." „Närrischer Junge," schalt der Teemeister, „auf diese Weise soll man keinen Garten fegen." Sagte es und ging hinab in den Garten, schüttelte einen Baum, daß die goldenen und roten Blätter über den Garten hinstoben, Fetzen herbstlichen Brokats! Was Rikyu wollte, war nicht Sauberkeit allein, es war auch das Schöne und das Natürliche.

Der Ausdruck „Stätte der Phantasie“ deutet auf einen Bau hin, dazu geschaffen, ein individuelles künstlerisches Bedürfnis zu befriedigen. Der Teeraum ist für den Teemeister gemacht, und nicht der Teemeister für den Teeraum. Er ist nicht auf die Nachwelt gemünzt und darum vergänglich. Der Gedanke, daß jeder ein Haus sein eigen nennen soll, gründet sich auf die alte japanische Sitte, den Shinto-Aberglauben, nach dem jedes Wohnhaus beim Tode seines Hauptinhabers geräumt werden muß. Vielleicht hat dieser Brauch irgendeine unklare hygienische Ursache. Ein anderer uralter Brauch fordert, daß jedem jungen Ehepaar ein neugebautes Haus gestellt wird. Auf diese Sitte ist auch die Tatsache zurückzuführen, daß die Kaiserstädte in den alten Zeiten so häufig hin und her wanderten. Auch der alle 20 Jahre erfolgte Neubau des Ise-Tempels, des höchsten Heiligtumes der Sonnengöttin, ist ein Beispiel für einen dieser alten Riten, die sich bis auf unsere Tage erhalten haben. Ihre Beobachtung war aber auch nur möglich bei einer Bauart, wie sie durch unser System der Holzarchitektur gegeben war, wo man ebenso leicht aufbauen wie niederreißen konnte. Eine dauerhaftere Bauart mit Ziegel und Steinen hätte derartige Wanderungen unmöglich gemacht, wie es auch geschah, als die stabileren und massiveren Holzkonstruktionen Chinas nach der Nara-Periode bei uns heimisch wurden.

Mit der wachsenden Vorherrschaft des Zen-Individualismus im fünfzehnten Jahrhundert wurde die alte Idee des Teeraums von tieferer Bedeutung durchtränkt. Der Zennismus erkannte kraft der buddhistischen Theorie von der Vergänglichkeit und ihrer Forderung nach der Herrschaft des Geistes über die Materie das Haus nur als einen zeitlichen Zufluchtsort des Körpers an. Der Körper selbst war nur eine Hütte in der Wildnis, wie man sie sich schafft durch das Bündeln von Halmen, die ringsum wachsen, ein gebrechlicher Unterschlupf, der wieder ins Nichts aufging, wenn man die Bündel löste. Beim Teeraum ist das Flüchtige angedeutet in dem Strohdach, das Zerbrechliche in den schlanken Säulen, die Leichtigkeit in den Bambusträgern, die scheinbare Unsorgsamkeit in der Verwendung alltäglichen Materials. Das Ewige ist einzig und allein in dem Geist zu finden, der sich in dieser Einfachheit um ihn her verkörpert, und sie verschönt durch das Leuchten, das unfaßbar von ihm ausströmt.

Die Forderung, daß der Teeraum da sein soll, um dem Geschmack des Einzelnen nachzugehen, verstärkt das Prinzip der Lebendigkeit in der Kunst. Kunst, die restlos gewürdigt werden will, muß dem Leben der Zeit treu sein. Nicht weil wir die Rechte der Vergangenheit übersehen wollen, sondern weil wir mehr darauf bedacht sein sollen, das Gegenwärtige zu genießen. Nicht weil wir die Schöpfungen vor uns mißachten wollen, sondern weil es gilt, sie unserer Innerlichkeit anzugleichen. Sklavische Anpassung an Überlieferungen und Formern legt die individuelle Ausdrucksmöglichkeit in der Architektur in Fesseln. Muß man nicht weinen über die sinnlosen Nachahmungen europäischer Bauten, die man im modernen Japan sieht? Es ist erstaunlich, daß die Architektur gerade der fortgeschrittensten Völker des Westens so jeder Originalität bar und so überlastet ist mit Wiederholung toter Stile. Es ist möglich, daß wir gerade jetzt eine Zeit der Demokratisierung in der Kunst durchmachen und dabei eines königlichen Meisters harren, der eine neue Kunstdynastie aufrichten soll. Ich wollte, wir liebten die Alten mehr und kopierten sie weniger. Man hat von den Griechen gesagt, sie wären darum so groß gewesen, weil sie nie aus der Antike geschöpft hätten.

Der Ausdruck „Stätte des Leerseins“ schließt den Begriff eines dauernd notwendigen Wechsels des Dekorativen ein, zumal er ja die taoistische Theorie vom Umfassen des Alls enthält. Der Teeraum ist völlig leer, mit Ausnahme dessen, was vorübergehend dort zur Befriedigung einer ästhetischen Stimmung Platz findet. Irgendein Kunstgegenstand wird für irgendeine Gelegenheit hineingebracht, und alles andere wird so gewählt und gestellt, daß es die Schönheit dieses Leitmotivs verstärkt. Man kann nicht verschiedenen Musikstücken zu gleicher Zeit zuhören, und so ist auch das wahre Erfassen des Schönen nur möglich in der Konzentration auf irgendein Hauptmotiv. Daraus erhellt, daß das dekorative Prinzip in unserm Teeraum dem völlig entgegengesetzt ist, das in Europa herrscht, wo das Innere eines Hauses oft in ein Museum verwandelt wird. Für einen Japaner, der an die Einfachheit der Ausschmückung und an den häufigen Wechsel des Dekorativen gewöhnt ist, macht das europäische Interieur mit seiner üppigen Sammlung von Bildern, Statuen und Kleinkunst den Eindruck der rein vulgären Ausstellung von Reichtümern. Schon der dauernde Anblick eines einzigen Meisterwerkes setzt einen großen Reichtum an Kunstverständnis voraus. Aber ohne Grenzen müßte in der Tat die Fähigkeit künstlerischen Nachfühlens bei denen sein, die Tag für Tag inmitten eines derartigen Zusammenflusses von Farben und Formen leben wollen, wie wir sie in einzelnen Häusern in Europa und Amerika so oft wahrnehmen.

„Stätte mangelnder Symmetrie“ wiederum ist der Ausdruck für eine andere Phase unserer dekorativen Kunst. Das Fehlen der Symmetrie bei unseren Kunstwerken ist häufig von westlichen Kritikern erörtert worden. Sie ist ebenfalls ein Ergebnis der Auswirkung taoistischer Ideen auf dem Wege über den Zennismus. Der Konfuzianismus mit seiner tiefwurzelnden Idee des Dualismus und der Buddhismus des Nordens mit seinem Kult einer Dreieinigkeit standen in keinem Punkte im Gegensatz zu einer symmetrischen Ausdrucksform. Tatsächlich erkennen wir auch beim Studium altchinesischer Bronzen oder der religiösen Kunstwerke der T'ang-Dynastie und der Nara-Periode ein unablässiges Streben nach Symmetrie. Auch die Ausschmückung unserer klassischen Interieurs war in ihrer ganzen Anordnung ausgesprochen regelmäßig. Die taoistische und zennistische Auffassung indessen von der Vollkommenheit war anders. Der dynamische Charakter ihrer Philosophie legte das Hauptgewicht auf den Prozeß, durch den die Vollkommenheit erreicht werden sollte, und nicht auf die Vollkommenheit selbst. Das wahrhaft Schöne ließ sich nur von dem entdecken, der denkend das Unvollendete vollendete. Die Kraft des Lebens und der Kunst lag in ihren Möglichkeiten zu wachsen. Im Teeraum ist es jedem Gast gegeben, in seiner Phantasie die gesamte Wirkung in ihrer Beziehung zu seinem Ich zu vollenden. Nachdem der Zennismus die herrschende Gedankenrichtung geworden war, vermied die Kunst des äußersten Ostens bewußt die Symmetrie, weil sie Wiederholung bringt und nicht nur Vollendung. Uniformität im Entwurf galt als verhängnisvoll für die Frische der Phantasie. So wurden denn Landschaften, Vögel und Blumen beliebte Vorwürfe der Malerei statt des Menschen, der ja in der Person des Beschauers stets gegenwärtig ist. Wir treten sowieso allzu oft ins Sichtbare, und bei aller unserer Eitelkeit wird sogar die Selbstbetrachtung allmählich langweilig.

Sich wiederholen zu können ist die ewige Furcht, die aus dem Teeraum spricht. Die verschiedenen Ausschmückungsgegenstände werden so gewählt, daß sich ja nicht eine Farbe oder ein Muster wiederholt. Wenn eine lebende Blume da ist, ist das Blumenbild verpönt. Wird ein runder Kessel gebraucht, muß der Wasserkrug eckig sein. Hat die Tasse eine schwarze Glasur, so darf sie nicht zusammengebracht werden mit einer Teebüchse von schwarzem Lack. Stellt man eine Vase auf das Weihrauchbecken des Tokonoma's, so muß Sorge getragen werden, daß man sie nicht gerade in die Mitte stellt, auf daß sie nicht den Raum in zwei gleiche

Teile teile. Die Säule vom Tokonoma soll von anderer Holzart sein als die übrigen Pfeiler, damit kein Gefühl von Monotonie in dem Raum aufkommt.

Auch hier wieder scheidet sich die japanische Art der Innendekoration von der des Okzidents, wo wir alle Dinge symmetrisch angeordnet finden auf Kaminsimsen und anderwärts. In den Häusern des Westens stehen wir oft dem gegenüber, was uns als nutzlose Wiederholung erscheint. Es fällt uns schwer, uns mit einem Manne zu unterhalten, dessen lebensgroßes Bild uns über seinem Rücken von der Wand her anstarrt. Wir fragen uns, wer nun wirklich da ist, der auf dem Bild oder der, welcher spricht, und wir haben das seltsame Gefühl, daß einer von beiden gefälscht sein muß. Wie oft mußten wir uns an die festliche Tafel setzen und mit innerem Entsetzen für unsere Verdauung die Darstellung einer Speisenfülle an den Eßzimmerwänden betrachten. Wozu diese gemalten Opfer von Jagd und Sport, diese kunstvollen Darstellungen von Fischen und Früchten? Wozu diese Ausstellung von Familiensilber, die uns an die erinnert, die gegessen haben und nun tot sind?

Die Einfachheit und das Freisein vom Alltag macht den Teeraum wahrhaft zu einer Freistatt vor den Ärgernissen der Außenwelt. Dort und dort allein kann man sich ungestört der Anbetung des Schönen weihen. Im 16. Jahrhundert gewährte der Teeraum den rauhen Kriegsleuten und Staatsmännern, die für die Einheit und den Aufbau Japans tätig waren, eine willkommene Erholung von ihrer Arbeit. Im 17. Jahrhundert, als der strenge Formalismus der Tokugawa-Herrschaft entwickelt war, bot er die einzige Möglichkeit für einen freien Verkehr künstlerischer Geister. Denn vor einem großen Kunstwerk gab es keinen Unterschied mehr zwischen Daimyo, Samurai und gemeinem Mann. Heutzutage macht der Industrialismus in der ganzen Welt wirkliche Kultur schwerer und schwerer. Brauchen wir darum den Teeraum nicht mehr denn je?

5. Kapitel

Kunstwertung

Wer kennt das taoistische Märchen von der Bezwingung der Harfe?

In grauer Vorzeit, im Engpaß von Lung-men, stand einst ein Kiribaum, ein wahrhafter König des Waldes. Sein Haupt hob er zu den Sternen, um mit ihnen Zwiesprache zu halten; seine Wurzeln aber senkte er tief in die Erde und umklammerte mit ihren Bronzeschlingen den silbernen Drachen, der in der Tiefe schlummerte. Und es geschah, daß ein mächtiger Zauberer aus diesem Baume eine Wunderharfe schuf, deren unbändiger Geist nur von dem größten aller Musiker bezwungen werden sollte. Lange Zeit hindurch ward das Instrument vom Kaiser von China in seiner Schatzkammer gehütet, vergeblich aber war die Mühe derer, die nacheinander Melodie aus seinen Saiten zu wecken suchten. Als Antwort auf ihr heißes Mühen kamen aus der Harfe nur rauhe Töne der Verachtung, die mit den Liedern, die sie gerne singen wollten, nur übel zusammenstimmten. Die Harfe weigerte sich, ihren Meister anzuerkennen.

Als letzter kam Peh Ya, der Fürst der Harfner. Mit zarter Hand liebkoste er die Harfe, wie man ein unbändiges Pferd zur Ruhe zu bringen sucht, und rührte leise an die Saiten. Er sang von der Natur und von den Jahreszeiten, von hohen Bergen und strömenden Wassern. Und alle Erinnerungen des Baumes wurden wach. Noch einmal spielte der süße Hauch des Frühlings durch seine Zweige. Die jungen Wasserfälle lachten in ihrem Tanze die Schlucht hinab den knospenden Blumen zu. Dann wurden die schläfrigen Stimmen des Sommers laut, das sanfte Rieseln des Regens, das Klagelied des Kuckucks. Horch! Das Gebrüll eines Tigers -- das Tal gibt Antwort. Der Herbst ist da; der Mond funkelt schwertscharf auf das bereifte Gras in der nächtlichen Öde. Jetzt wieder herrscht der Winter, und durch die schneeerfüllte Luft tummeln sich Scharen wilder Schwäne, und prasselnde Hagelkörner klatschen in wilder Lust herab auf kahle Zweige.

Und Peh Ya wechselte die Tonart. Er sang von Liebe. Der Wald neigte sich wie ein liebeglühender Schäfer, versunken in die Tiefe seiner Gedanken. Oben aber, eine stolze Jungfrau, fegte eine lichte, schöne Wolke dahin; sie geht vorüber, und lange Schatten schleifen am Boden, düster wie die Verzweiflung. Und wieder wechselte die Stimmung. Peh Ya sang vom Kriege, von klirrendem Stahl und stampfenden Rossen. In der Harfe aber erhob sich das Ungewitter von Lungmen; der Drachen fuhr auf dem Blitz daher, die donnernden Lawinen dröhnten durch das Tal. Verzückt begehrte der Kaiser des Himmels zu wissen, worin das Geheimnis von Peh Yas Sieg zu finden sei. „Herr," lautete die Antwort, „die anderen scheiterten, weil sie nur von sich selber sangen. Ich überließ es der Harfe, frei ihr eigenes Lied zu wählen, und wußte in Wahrheit nicht, ob die Harfe Peh Ya oder Peh Ya die Harfe sei."

Diese Erzählung beleuchtet vortrefflich das Geheimnis der Kunstwertung. Meisterwerke sind Symphonien, gespielt auf unseren feinsten Empfindungen. Die echte Kunst ist Peiwoh, und wir sind die Harfe von Lungmen. Berührt uns die Zauberhand des Schönen, so werden die geheimsten Saiten unseres Wesens wach, wir zittern und beben als Antwort auf den Ruf an uns. Geist spricht zu Geist. Wir lauschen dem Unausgesprochenen, wir sehen das Unsichtbare. Der Meister weckt Töne, von deren Dasein wir nichts ahnten. Lang vergessene Erinnerungen kehren neuen Sinns zu uns zurück. Von Furcht erstickte Hoffnungen, Sehnsüchte, die wir nicht zu erkennen wagten, stellen sich in jungem Glänze dar. Unsere Seele ist die Leinwand, auf die der Künstler seine Farben aufträgt. Seine Tönung sind unsere Gefühle; sein Halbdunkel lichte Freude, düstere Trauer. Das Meisterwerk ist wir und wir sind das Meisterwerk.

Der zur Kunstwertung erforderliche verständnisinnige Verkehr der Seelen muß sich auf gegenseitiges Entgegenkommen gründen. Der Beschauer muß in sich die Stimmung pflegen, um das Gegebene zu empfangen, der Künstler muß das Gegebene mitzuteilen wissen. Der Teemeister Kobori Enshu, der selbst ein Daimyo war, hat uns die folgenden denkwürdigen Worte hinterlassen: „Einem großen Gemälde sollst du nahen wie einem großen Fürsten.“ Um ein

Meisterwerk zu verstehen, mußt du dich zu seinen Füßen niederwerfen und mit verhaltenem Atem auch der geringsten seiner Äußerungen lauschen. Ein großer Sung-Kritiker machte einst folgendes reizende Geständnis: „In jungen Jahren“, sagte er, „lobte ich die Meister, deren Bilder ich liebte; wie aber mein Urteil reifte, lobte ich mich selbst dafür, daß ich liebte, was mich die Meister zu lieben ausersehen hatten.“ Es ist bedauerlich, daß so wenige unter uns in Wahrheit sich bemühen, die Stimmungen der Meister zu ergründen. In hartnäckiger Unwissenheit weigern wir uns, ihnen gegenüber dies schlichte Gebot der Höflichkeit zu erfüllen und versäumen so nur gar zu oft das reiche Mahl von Schönheit, das vor uns aufgetischt steht. Ein Meister hat uns stets etwas anzubieten, und unser Hunger bleibt nur darum ungestillt, weil wir es nicht zu werten verstehen.

Dem Mitfühlenden wird ein Meisterwerk zu einer lebendigen Wirklichkeit, zu der er sich durch Bande einer gewissen Kameradschaft hingezogen fühlt. Die Meister sind unsterblich, denn ihre Liebe und ihre Furcht leben wieder und wieder in uns auf. In erster Linie ist es die Seele und nicht die Hand, der Mensch und nicht die Technik, die zu uns spricht -- je menschlicher der Appell, um so tiefer unsere Antwort Dank diesem geheimen Einverständnis zwischen dem Meister und uns spüren wir die Leiden und Freuden mit von Held und Heldin in Poesie oder Prosa. Chikamatsu, unser japanischer Shakespeare, hat es als eines der vornehmsten und wichtigsten Prinzipien dramatischer Kunst bezeichnet, das Publikum in die Geheimnisse des Autors einzuweihen. Verschiedene seiner Schüler legten Stücke von sich seinem Urteil vor, aber nur eines von ihnen fand seine Zustimmung. Es war ein Stück, das in mancher Beziehung an die Komödie der Irrungen erinnerte, in dem ein Zwillingsbruderpaar durch dauernde Verwechslung zu leiden hat. „Diesem Stück", meinte Chikamatsu, „wohnt der wahre Geist des Dramas inne, denn es berücksichtigt auch die Hörerschaft. Man läßt das Publikum mehr wissen als die Schauspieler. Sie wissen, wo der Fehler liegt, und schenken den armen Gestalten auf den Brettern, die unschuldig ihrem Schicksal entgegeneilen, ihr Mitleid."

Die großen Meister, sowohl des Ostens wie des Westens, haben niemals den Wert der Suggestion als Mittel, den Zuschauer ins Vertrauen zu ziehen, außer acht gelassen. Wer vermöchte ein Meisterwerk zu betrachten, ohne Ehrfurcht zu empfinden vor der ungeheuren Weite der Gedanken, die sich auf tut? Wie lieb und vertraut sind sie uns alle; wie kalt im Gegensatz dazu die

Mittelmäßigkeiten der Neuzeit! Vor einem alten Meisterwerk spüren wir den warmen Erguß eines Menschenherzens; bei der neuen Kunst nichts als einen kalten förmlichen Gruß. Von seiner eigenen Technik befangen, erhebt sich der moderne Künstler nur selten über sich selbst. Wie die Harfner, die vergeblich die Harfe von Lung-men zu erwecken trachteten, singt er nur von sich selbst. Seine Werke stehen der Wissenschaft vielleicht näher, haben sich dafür aber von der Menschlichkeit um so weiter entfernt. Wir haben in Japan ein altes Sprichwort, daß eine Frau den Mann nicht lieben kann, der in Wahrheit eitel ist, denn in seinem Herzen sei keine Lücke, in welche die Liebe eingehen könnte, um sie auszufüllen. In der Kunst ist die Eitelkeit für das verständnisvolle Mitgefühl nicht minder verhängnisvoll, gleichgültig ob sie auf Seiten des Künstlers oder des Publikums liegt.

Es gibt nichts Erhebenderes als die Gemeinschaft verwandter Seelen in der Kunst. Im Augenblick der Begegnung erhebt der Kunstliebhaber sich über sich selbst hinaus. Er ist und ist nicht zur gleichen Zeit. Er wirft einen Blick in die Unendlichkeit; Worte aber können sein Entzücken nicht ausdrücken, denn das Auge hat ja keine Zunge. Befreit von den Fesseln der Materie, schwingt sein Geist mit im Rhythmus der Dinge. So geschieht es, daß die Kunst der Religion verwandt wird und die Menschheit veredelt. So kommt es, daß ein Meisterwerk zur heiligen Sache wird. In den alten Zeiten war die Verehrung, die in Japan dem großen Künstler gezollt wurde, sehr groß. Die Teemeister hüteten ihre Schätze mit religiöser Heimlichkeit, und oft mußte man eine ganze Reihe von Schachteln, eine in der anderen, aufschließen, ehe man an das Sanktuarium selbst gelangte -- die seidenen Hüllen, in deren weichen Falten das Allerheiligste verborgen war. Selten wurde der Gegenstand selbst gezeigt, und auch dann nur den Eingeweihten.

Zur Zeit, da der Teeismus im Aufsteigen begriffen war, waren die Generäle des Taiko, wenn man ihnen als Siegespreis ein großes Kunstwerk überreichte, mehr zufrieden als mit der Belehnung großer Ländereien. Viele unserer beliebtesten Theaterstücke handeln vom Verlust und Wiederfinden berühmter Kunstwerke. So fängt zum Beispiel in einem Stück der Palast des Fürsten Hosokawa, in dem das berühmte Bild Dharmas von Sesson aufbewahrt wurde, durch die Achtlosigkeit des als Hüter bestellten Samurai Feuer. Entschlossen, das kostbare Bild unter allen Umständen zu retten, stürzt er sich in das brennende Gebäude und ergreift das Kakemono. Allein er entdeckt, daß ihm alle Ausgänge durch die Flammen abgeschnitten sind. Er denkt einzig an das Bild, schlitzt sich mit seinem Schwert den Leib auf, wickelt seinen zerrissenen Ärmel um den Sesson und taucht ihn in die klaffende Wunde. Endlich ist das Feuer gelöscht. Unter dem rauchenden Schutt wird eine halbverkohlte Leiche gefunden, in deren Inneren das vom Feuer unversehrte Kunstwerk ruht. So furchtbar derartige Geschichten auch sein mögen, die Hingebung des betrauten Samurai ist doch ein Beispiel dafür, welch großen Wert wir einem Meisterwerk beimessen.

Wir dürfen indes nicht vergessen, daß die Kunst nur insoweit von Wert ist, als sie zu uns spricht. Die Kunst könnte eine Weltsprache sein, wären wir selbst in unseren Gefühlen universell. Die Grenzen unserer Natur, die Macht der Überlieferung und der Sitte wie unsere ererbten Instinkte setzen unserer Fähigkeit zum Kunstgenuß eine Schranke. Ja, gerade unsere Individualität ist es, die in gewissem Sinne unserem Verständnis sein Ziel steckt; unsere ästhetische Persönlichkeit sucht ihre Wahlverwandten in den Kunstwerken der Vergangenheit. Wohl ist es wahr, daß mit zunehmender Kultur auch unser Sinn für die Kunst sich erweitert, und wir instand gesetzt werden, manche bisher unverstandenen Schönheitsformen zu begreifen. Letzten Endes aber sehen wir überall in der Welt doch nur unser eigenes Bild -- unsere besonderen Eigentümlichkeiten schreiben uns die Art unserer Wahrnehmungen vor. Auch die Teemeister sammelten nur solche Gegenstände, die streng in den Rahmen ihrer individuellen Kunstwertung hineinpaßten.

Bei dieser Gelegenheit sei einer Geschichte von Kobori Enshu gedacht. Seine Jünger beglückwünschten Enshu zu dem bewundernswerten Geschmack, mit dem er seine Sammlungen zusammengestellt hatte. Sie sagten: „Jedes einzelne Stück ist so, daß man nicht umhin kann, es zu bewundern. Das beweist, daß Ihr einen besseren Geschmack habt als Rikyu, denn seine Sammlungen vermochten nur von einem Beschauer unter Tausenden gewürdigt zu werden." Enshu aber erwiderte traurig: „Das beweist nur, was für ein Durchschnittsmensch ich bin. Der große Rikyu wagte es, nur solche Gegenstände zu lieben, die ihm persönlich zusagten, während ich unbewußt dem Geschmack der Menge fröne. Wahrlich, Rikyu war einer unter tausend unter den Teemeistern."

Es ist sehr bedauerlich, daß ein so großer Teil der scheinbaren Kunstbegeisterung unserer Tage auf keinem echten Gefühl aufgebaut ist. In diesem, unserem demokratischen Zeitalter verlangt man, ungeachtet des persönlichen Empfindens, nach dem, was ganz allgemein für das Beste gehalten wird. Jeder will das Kostbare, nicht das Feine, das Modische, nicht das Schöne. Dem Kunstgenuß der Massen bietet die Betrachtung illustrierter Zeitschriften, würdige Erzeugnisse ihres eigenen Industrialismus, eine verdaulichere Nahrung als die frühen Italiener oder die Ashikagameister, die sie zu bewundern vorgeben. Ihnen ist der Name des Künstlers wichtiger als die Qualität seiner Arbeit. Vor vielen Jahrhunderten klagte ein chinesischer Kritiker, daß das Volk ein Bild mit den Ohren kritisiere. Dieser Mangel an echtem Kunstverständnis ist auch verantwortlich zu machen für die pseudoklassischen Kunstgreuel, denen wir heutzutage an allen Ecken und Enden begegnen.

Ein weiterer, allgemein verbreiteter Fehler ist die Verquickung der Kunst mit der Archäologie. Die Verehrung von Altertumswerten gehört zu den besten Zügen des menschlichen Charakters, und nur allzu gern möchten wir sie in noch höherem Maße pflegen. Mit Recht sollen die alten Meister als Bahnbrecher des Weges zu künftiger Erkenntnis geehrt werden. Schon allein die Tatsache, daß sie durch eine Jahrhunderte alte Kritik unbeschadet hindurchgegangen und uns ruhmbedeckt überkommen sind, fordert unsere Achtung. Aber töricht wäre es in der Tat, wollten wir ihre Leistungen allein um ihres Alters willen werten. Dennoch lassen wir unser historisches Mitgefühl nur allzu oft über unser ästhetisches Urteil den Sieg davontragen. Wir bringen den Künstlern Blumen der Bewunderung erst dann dar, wenn sie sicher im Grabe ruhen. Das mit der Evolutionstheorie geschwängerte 19. Jahrhundert hat überdies in uns die Gewohnheit erweckt, über der Spezies das Individuum aus den Augen zu verlieren. Der Sammler ist eifrig bemüht, Beispiele einzelner Perioden oder Schulen zu erwerben und vergißt darüber, daß uns ein einziges Meisterwerk mehr zu lehren vermag als die größte Anzahl mittelmäßiger Erzeugnisse einer bestimmten Schule oder Periode. Wir klassifizieren zu viel und genießen zu wenig. Daß viele Museen die ästhetische Ausstellungsmethode der sogenannten wissenschaftlichen aufopferten, ist ihr Fluch geworden. Die Rechte der Kunst der Gegenwart dürfen in keinem daseinsfähigen Lebenssystem übersehen werden. Die Kunst von heute ist die Kunst, die in Wahrheit zu uns gehört: sie ist unser eigenes Spiegelbild. Verurteilen wir sie, dann verurteilen wir auch uns selbst. Es heißt, daß unsere Zeit keine Kunst hervorgebracht habe: wer ist dafür verantwortlich? Es ist in der Tat schändlich, daß wir trotz aller Schwärmerei für die Alten unseren eigenen Entwicklungsmöglichkeiten gar so wenig Aufmerksamkeit schenken. Ringenden Künstlern, müden Seelen, die im Schatten frostiger Mißachtung harren, welche Inspiration haben wir ihnen in unserem egozentrischen Zeitalter noch zu bieten? Wahrlich, die Vergangenheit hat recht, wenn sie voller Mitleid auf die Armut unserer Zivilisation blickt; die Zukunft wird lachen über die Unfruchtbarkeit unserer Kunst. Wir sind dabei, mit der Vernichtung des Schönen im Leben auch die Kunst zu zerstören. Möchte doch ein mächtiger Zauberer aus dem Stamme der Gesellschaft die gewaltige Harfe zimmern, deren Saiten unter der Hand des Genius erklingen können.

6. Kapitel

Blumen

Im flimmernden Dämmer eines Frühlingsmorgens, wenn die Vögel in den Zweigen geheimnisvoll leise zu zwitschern beginnen, wer hat da nicht mitunter zu fühlen vermeint, Paar um Paar hielt Zwiesprache mit den Blumen? Wahrlich, im Menschen muß das Verständnis für Blumen gleichzeitig mit der Poesie der Liebe geboren sein. Wie läßt sich das Erschließen einer jungfräulichen Seele besser versinnbildlichen als in einer Blume, lieblich in ihrer Unschuld, duftend in ihrem Schweigen? Der Mann der Urzeit, der seinem Mädchen die erste Blumenwinde brachte, tat so den ersten Schritt über das Tier hinaus. Er wurde Mensch, indem er sich über die rohen Bedürfnisse des Lebens erhob. Er betrat den Bezirk der Poesie, da er den zarten Nutzen des Unnützen begriff.

In der Freude wie in der Trauer sind Blumen unsere ständigen Freunde. Wir essen, trinken, singen, tanzen und flirten mit ihnen. Wir heiraten und taufen mit Blumen. Wir wagen es nicht, ohne sie zu sterben. Wir haben mit der Lilie angebetet und mit dem Lotos meditiert Wir sind mit Rose und Chrysantheme in die Schlacht gestürmt. Wir haben sogar versucht, uns in der Blumensprache zu unterhalten. Wie könnten wir da ohne sie leben? Uns ängstigt die Vorstellung einer Welt, die ihrer Gegenwart beraubt ist. Welchen Trost spenden sie nicht am Krankenlager, welch seliges Licht tragen sie nicht in die Düsternis müder Seelen? Ihre stille Zärtlichkeit gibt uns das schwindende Vertrauen zur Welt zurück, gleichwie der unwandelbare Blick schöner Kinderaugen uns verlorene Hoffnungen wiederbringt. Und senkt man uns in den Staub, so sind sie es wiederum, die in Trauer auf unserem Grabe ausharren.

So beklagenswert es ist, es läßt sich nicht verhehlen, daß wir uns trotz dieses Zusammenlebens mit den Blumen doch nicht gar so viel über das Tier erhoben haben. Man rühre an unseren Schafspelz, und der Wolf in uns wird sehr bald die Zähne zeigen. Es heißt, daß der Mensch mit zehn Jahren ein Tier, mit zwanzig ein Wahnsinniger, mit dreißig ein Schiffbrüchiger, mit vierzig ein Betrüger und mit fünfzig ein Verbrecher ist. Vielleicht ist er ein Verbrecher geworden, weil er niemals aufgehört hat ein Tier zu sein. Nichts ist uns wirklich, außer dem Hunger, nichts uns heilig, außer unseren eigenen Wünschen. Ein Tempel nach dem anderen ist vor unseren Augen in den Staub gesunken; ein einziger Altar nur ist geblieben, der, auf dem wir dem obersten Götzen, unserem Ich, Weihrauch streuen. Unser Gott ist groß, und Geld ist sein Prophet! Wir verwüsten die Natur, nur um ihm opfern zu können. Wir rühmen uns, die Materie besiegt zu haben, und vergessen, daß die Materie uns versklavt hat. Welche Ungeheuerlichkeiten werden nicht im Namen des Geistes und der Kultur begangen!

Sagt, ihr sanften Blumen, Tränentropfen der Sterne, die ihr im Garten den Bienen zunickt, die euch von Tau und Sonnenstrahlen vorsingen, ahnt ihr das furchtbare Schicksal, das eurer harrt? Träumt weiter, wiegt euch und spielt mit dem lauen Sommerwind, solange ihr könnt. Morgen wird sich eine rauhe Hand unbarmherzig um eure Kehlen schließen. Ihr werdet Glied für Glied aus eurer stillen Heimat gezerrt und gerissen werden. Vielleicht ist die Elende ein Wunder an Schönheit! Vielleicht gerät sie in Entzücken über eure Lieblichkeit, während ihre Finger noch feucht sind von eurem Blut. Sagt mir, ist das Güte? Vielleicht ist es euer Los, gefesselt zu werden in das Haar einer Frau, die ihr als herzlos kennt, oder in eines Mannes Knopfloch gesteckt zu werden, der es nicht wagen würde, euch ins Gesicht zu sehen, wäret ihr selbst ein Mann! Vielleicht sogar werdet ihr in irgendein enges Gefäß gesperrt werden, in dem nur faules Wasser euren wahnsinnigen Durst, den Vorboten schwindenden Lebens, zu stillen vermag.

Blumen, lebtet ihr im Lande des Mikados, so würdet ihr vielleicht einer gefürchteten Persönlichkeit mit einer Schere und einer winzigen Säge begegnen, die sich „Meister der Blumen" nennt und euch gegenüber alle Rechte des Arztes in Anspruch nehmen würde. Und ihr, ihr würdet ihn instinktiv hassen, denn ihr wißt ja, daß ein Arzt stets die Qualen seines Opfers zu verlängern trachtet. Er würde euch schneiden, biegen und in die unmöglichen Stellungen zwingen, die er euch zu geben für gut befindet. Er würde eure Muskeln krümmen und eure Knochen wie der geschickteste Chirurg entfernen. Er würde euch mit glühheißen Kohlen brennen, um euer Blut zu stillen, und euch mit Draht durchziehen, um seinen

Kreislauf zu fördern. Er würde euch mit Salz, Essig, Alaun und vielleicht sogar mit Vitriol behandeln. Kochendes Wasser würde auf eure Füße gegossen werden, wenn ihr ohnmächtig zu werden drohtet, und es würde sein Stolz sein, euch ein oder sogar zwei Wochen länger am Leben erhalten zu können, als es ohne diese Behandlung möglich wäre. Wäre es euch da nicht lieber gewesen, im Augenblick eurer Gefangennahme getötet zu werden? Welche Verbrechen habt ihr in einem früheren Leben begangen, um heute einer solchen Strafe schuldig befunden zu werden?

Die achtlose Verschwendung von Blumen, so wie sie in abendländischen Kreisen üblich ist, ist indes noch grauenerregender, als selbst ihre Behandlung seitens der Blumenmeister des Ostens. Die Zahl der täglich geschnittenen Blumen, die zur Ausschmückung von Tafel und Ballsaal in Europa und Amerika dienen, um am folgenden Tage weggeworfen zu werden, muß riesengroß sein. Zur Girlande gebunden könnten sie wohl einen Erdteil umschlingen. Neben dieser krassen Nichtachtung des Lebens verliert die Schuld des Blumenmeisters jede Bedeutung. Bezeugt er doch zum mindesten Achtung vor der Ökonomie der Natur. Er sucht seine Opfer mit Sorgfalt aus und erweist ihren Überresten nach ihrem Tode die schuldige Ehre. Im

Westen scheint die Verschwendung von Blumen zur allgemeinen Schaustellung des Reichtums zu gehören: Laune eines Augenblicks. Wo kommen sie alle hin, diese Blumen, wenn das Fest vorüber ist? Es gibt nichts Traurigeres als der Anblick einer welken Blume, unbarmherzig zum Kehricht geworfen.

Warum sind Blumen so schön und doch so glücklos geboren? Insekten haben ihren Stachel, und selbst das sanfteste Tier setzt sich, in die Enge getrieben, zur Wehr. Die Vögel, auf deren Gefieder man als Hutschmuck Jagd macht, können ihren Verfolgern davonfliegen; das Pelztier, dessen Fell der Mensch als Kleid begehrt, kann sich beim Nahen seines Feindes verbergen. Die einzige Blume aber, der Flügel gegeben sind, ist der Schmetterling. Alle die anderen stehen hilflos vor ihrem Zerstörer. Schreien sie in ihrer Todesangst, so dringt kein Laut davon an unser verhärtetes Ohr. Wir sind ja stets brutal zu denen, die uns in Liebe und Schweigen dienen. Aber die Zeit wird vielleicht noch einmal kommen, in der wir zum Dank für unsere Grausamkeit von diesen, unseren besten Freunden, in Stich gelassen werden. Seht ihr denn nicht, daß die wilden Blumen mit jedem Jahre seltener werden? Vielleicht haben ihre weisen Männer ihnen geraten fortzugehen, bis der Mensch menschlicher geworden ist. Vielleicht sind sie nach dem Himmel ausgewandert.

Vieles läßt sich zugunsten dessen sagen, der Pflanzen züchtet. Der Mann des Topfes ist weit menschlicher als der Mann der Schere. Mit Entzücken beobachten wir seine Sorge um Wasser und Sonnenlicht, seinen Kampf mit Parasiten, seine Furcht vor Frost, seine Besorgnis, wenn die Knospen nur langsam treiben, sein Entzücken, wenn die Blätter ihren Schmelz erhalten. Im Osten ist die Blumenzucht eine sehr alte Kunst, und die Liebe eines Dichters zu seiner Lieblingspflanze ist in Gesang und Dichtung oft geschildert worden. Mit der Entwicklung der Keramik zur Zeit der T'ang- und Sung-Dynastie erfahren wir von wunderbaren Behältnissen für Pflanzen, die nicht Töpfe waren, sondern edelsteingeschmückte Paläste. Jeder Blume ward ein besonderer Diener beigegeben, um ihr aufzuwarten und ihre Blätter mit weichen Bürsten aus Kaninchenhaar zu waschen. Dazu steht geschrieben, daß die Päonie von einer stolzen Jungfrau im Staatskleid, die Winterpflaume von einem blassen, schlanken Mönch gebadet werden soll. In Japan gründet sich einer der volkstümlichsten No-Tänze, der während der Ashikaga-Periode komponierte Hachinoki, auf die Geschichte eines verarmten Ritters, der in einer kalten Winternacht aus Mangel an Brennholz seine geliebten Pflanzen schneidet, um einen Wandermönch zu bewirten. Der Mönch ist in Wahrheit niemand anders als Hojo Tokiyori, der Harun-al-Raschid unserer Märchen, und das Opfer wird natürlich nicht unbelohnt gelassen. Diese Oper rührt auch heute noch unfehlbar das Tokyoter Publikum zu Tränen.

Die größte Vorsicht ließ man walten, um zarte Blumen am Leben zu erhalten. Der Kaiser Hüan-tsung aus der T'ang-Dynastie behing sämtliche Zweige seines Gartens mit winzigen goldenen Glöckchen, um die Vögel fernzuhalten. Er war es auch, der sich zur Frühlingszeit mit seinen Hofmusikanten auf den Weg machte, um die Blumen mit lieblicher Musik zu beglücken. In einem der japanischen Klöster Sumadera bei Kobe.existiert noch heute ein wunderliches altes Täfelchen, das von der Überlieferung Yoshitsune, dem Helden unserer Artussage, zugeschrieben wird. Es stellt einen Anschlag zum Schutze eines bestimmten wunderbaren Pflaumenbaumes dar und spricht zu uns mit dem grimmigen Humor eines kriegerischen Zeitalters. Nach einem Hinweis auf die Schönheit der Blüten besagt die Inschrift: „Wer von diesem Baume auch nur einen einzigen Zweig abschneidet, soll dafür mit einem Finger büßen.“ Könnten doch solche Gesetze auch heute noch gegen die in Kraft treten, die vorsätzlich Blumen vernichten oder Kunstwerke verunglimpfen!

Allein selbst in dem Verhalten Topfpflanzen gegenüber sind wir menschliche Selbstsucht zu sehen geneigt. Warum Pflanzen aus der Heimaterde nehmen und sie in fremder Umgebung zum Blühen bringen? Ist es nicht dasselbe wie Vögel in Käfigen singen und sich paaren lassen? Wer weiß, ob die Orchideen unter der künstlichen Treibhauswärme nicht ersticken und vergeblich nach einem Blick in ihren eigenen südlichen Himmel schmachten?

Der ideale Blumenfreund ist der, der die Blumen an ihren heimatlichen Plätzen aufsucht, wie Tao Yüan-ming, der sich vor einem zerbrochenen Bambuszaun mit der wilden Chrysantheme unterhielt, oder Lin Wo-sing, der sich bei seinen Wanderungen unter den blühenden Pflaumenbäumen des westlichen Sees in ihrem geheimnisvollen Duft verlor. Es heißt, daß Chow Mu-shih in einem Boote übernachtete, um seine Träume mit denen der Lotos zu vermählen. Und von dem gleichen Geiste war auch die Kaiserin Komyo beseelt, eine der berühmtesten Herrscherinnen der Nara-Periode, da sie sang: „Pflücke ich dich, Blume, so wird meine Hand dich besudeln. Stehend hier in den Wiesen, opfere ich dich, so wie du bist, den Buddhas der Vergangenheit, der Gegenwart und der Zukunft.“

Aber werden wir nicht allzu sentimental. Seien wir weniger üppig, dafür aber größer. Und Lao-tze sprach: „Himmel und Erde sind mitleidlos.“ Sprach Kobo-daishi: „Fließe, fließe, fließe, fließe. Der Strom des Lebens eilt unablässig vorwärts. Stirb, stirb, stirb, stirb. Der Tod kommt zu allen.“ Zerstörung tritt uns überall entgegen, Zerstörung oben, Zerstörung unten, Zerstörung hier, Zerstörung dort. Das einzig Ewige ist der Wechsel -- warum da den Tod nicht ebenso willkommen heißen wie das Leben? Der eine ist nichts als der Widerpart des anderen -- die Nacht und der Tag Brahmas. Durch die Auflösung des Alten wird die Neuschöpfung erst möglich. Wir haben den Tod, die strenge Gottheit des Erbarmens, unter vielen verschiedenen Namen angebetet. Den Schatten des Allverzehrenden grüßten die Gheburs in ihrem Feuer; und vor der eiskalten Reinheit der Schwertseele wirft das shintoistische Japan sich heute noch in den Staub. Das mystische Feuer zehrt unsere Schwäche auf, das heilige Schwert zerschneidet die Fesseln des Begehrens. Aus unserer Asche ersteht der Phönix himmlischen Hoffens, der Freiheit entspringt eine höhere Mannhaftigkeit.

Warum sollten wir Blumen nicht zerstören, wenn wir dadurch neue Formen entwickeln können zur Vervollkommnung der Weltidee? Fordern wir doch nur, daß sie sich an unserem Opfer an die Schönheit beteiligen. Wir sühnen die Tat damit, daß wir uns der Reinheit und Einfachheit weihen. So war der Gedankengang der Teemeister, als sie den Blumenkultus aufrichteten.

Wer mit den Bräuchen unserer Tee- und Blumenmeister vertraut ist, wird auch die religiöse Verehrung kennen, die sie den Blumen zollen. Sie pflücken die Blumen nicht nach Laune oder Belieben, sondern wählen sorgfältig jeden Zweig und jede Dolde im Hinblick auf die künstlerische Komposition aus, die sie im Sinne haben. Sie würden sich schämen, mehr zu schneiden, als unbedingt notwendig ist. Hierbei sei erwähnt, daß sie die Blätter, soweit welche vorhanden sind, stets mit den Blüten zusammenbringen, denn ihr Wille ist es, die volle Schönheit des Pflanzenlebens wiederzugeben. In dieser wie in so manch anderer Hinsicht unterscheidet sich ihre Methode von der des Abendlandes. Dort finden wir in der Regel die Blütenstengel wahllos gleichsam als Köpfe ohne Körper in die Vasen gesteckt.

Hat ein Teemeister seine Blume zur Zufriedenheit geordnet, so wird er sie für das Tokonoma, den Ehrenplatz des japanischen Zimmers, verwenden. Nichts wird in ihre Nähe gestellt werden, was irgendwie ihre Wirkung stören könnte, nicht einmal ein Bild, es sei denn, daß für eine derartige Zusammenstellung ein besonderer ästhetischer Grund vorliegt. Dort ruht sie wie ein Fürst auf seinem Thron, und die Gäste oder Jünger werden sich bei ihrem Eintritt in das Zimmer tief vor ihr verneigen, noch ehe sie den Wirt begrüßen. Von besonderen Meisterwerken der Blumenkunst werden Zeichnungen angefertigt und zur Erbauung der Kunstliebhaber veröffentlicht. Die Literatur darüber ist recht umfangreich. Ist die Blume verwelkt, so überläßt der Meister sie liebevoll dem Fluß oder vergräbt sie sorgfältig in der Erde. Ja, mitunter werden sogar Denkmäler zur Erinnerung an sie errichtet.

Die Geburt der Kunst der Blumenaufstellung scheint mit der des Teeismus im 15. Jahrhundert zusammenzufallen. Die Legende schreibt das erste Blumengebilde den frühen buddhistischen Heiligen zu, die die vom Sturm geknickten Blüten aufsammelten und sie kraft ihrer grenzenlosen Fürsorglichkeit für alles Lebende in Gefäßen mit Wasser aufstellten. Es heißt, daß Soami, der große Maler und Kunstkenner am Hofe Ashikaga Yoshimasas, einer der frühesten Meister dieser Kunst war. Juko, der Teemeister, war einer seiner Schüler, auch Senno, der Gründer des Hauses Ikenobo, eines Geschlechts, das in der Geschichte des Blumenkultus nicht minder berühmt war als das der Kanos in der Malerei. Mit der Vervollkommnung des Teerituals unter Rikyu in der zweiten Hälfte des 16. Jahrhunderts steigt auch die Kunst der Blumenaufstellung zur höchsten Blüte. Rikyu und seine Nachfolger, die berühmten Ota Wuraka, Furuka Oribe, Koetsu, Kobori Enshu und Katagiri Sekishu, wetteiferten miteinander in der Erfindung neuer Zusammenstellungen. Wir dürfen indes nicht vergessen, daß die Blumenverehrung der Teemeister nur einen Teil ihres ästhetischen Rituals bildete und nicht eine besondere Religion für sich war. Ein Blumengebilde war, ähnlich wie die übrigen Kunstgegenstände des Teeraums, dem dekorativen System des Ganzen untergeordnet. So ordnete Sekishu z. B. an, daß man sich der weißen Pflaumenblüte nicht bedienen dürfe, wenn draußen im Garten Schnee läge. „Laute" Blumen wurden rücksichtslos aus dem Teeraum verbannt. Das Blumengebilde eines Teemeisters verliert somit auch seine Bedeutung, sobald es von dem Platz entfernt wird, für den es ursprünglich bestimmt war, denn seine Linien und Proportionen sind eigens im Hinblick auf seine Umgebung ausgedacht.

Die Anbetung der Blume um ihrer selbst willen beginnt mit dem Aufstieg der Blumenmeister um die Mitte des siebzehnten Jahrhunderts. Der Blumenkultus wird jetzt von dem Teeraum unabhängig und erkennt kein anderes Gesetz an ab das ihm von der Vase auferlegte. Neue Begriffe und Methoden der Ausführung werden möglich, und zahlreich sind die daraus entsprungenen Prinzipien und Schulen. Ein Schriftsteller aus der Mitte des vorigen Jahrhunderts berichtet, daß er über hundert verschiedene Schulen der Blumenaufstellung zählen könnte. Im großen und ganzen teilen diese sich in zwei Hauptzweige, in die formalistischen und in die naturalistischen Schulen. Die von den Ikenobos geführten formalistischen Schulen hatten sich einen klassischen Idealismus, ähnlich dem der Kano-Akademiker, zum Ziel gesetzt. Wir besitzen Berichte von den Blumengebilden der frühen Meister dieser Schule, die die Blumenbilder Sanetsus und Sunenobus fast genau wiedergeben können. Andererseits nahm die naturalistische Schule, wie ja ihr Name schon besagt, sich die Natur zum Vorbild und fügte nur solche Abänderungen ein, die zur Einheit des künstlerischen Ausdrucks beitrugen. So erkennen wir denn in ihren Werken den gleichen Impuls wieder, der zur Bildung der Ukiyo-e'schen und Shijo'schen Malerschule führte.

Es wäre interessant, gründlicher als es hier möglich ist, auf die Gesetze der Komposition und die näheren Angaben der verschiedenen Blumenmeister dieser Periode einzugehen, die sämtlich die grundlegenden Theorien dekorativer Kunst der Tokugawa-Periode darlegen. Wir finden, daß sie eines „Obersten Prinzips" (des Himmels), eines „Untergeordneten Prinzips" (der Erde) und eines „Vermittelnden Prinzips" (des Menschen) erwähnen. Jedes Blumengebilde, das diese drei Prinzipien nicht in sich vereinigte, galt als tot und unfruchtbar. Sie legten auch großes Gewicht darauf, eine Blume von ihren drei verschiedenen Seiten, der formalen, der halbformalen und der unformalen zu behandeln. Die erste stellt die Blume sozusagen in zeremonieller Balltoilette dar, die zweite in der nachlässigen Eleganz des Nachmittagskleides und die dritte in dem entzückenden Negligé des Boudoirs.

Unsere persönlichen Sympathien gehören eher den Blumengebilden der Teemeister als denen der Blumenmeister. Die erstgenannten sind Kunst in ihrer richtigen Umgebung. Sie sprechen zu uns kraft ihrer wahrhaft innigen Beziehungen zum Leben. Wir möchten diese Schule als die natürliche im Gegensatz zu den naturalistisch-formalistische Schulen bezeichnen. Der Teemeister glaubt mit der Auswahl der Blumen seiner Pflicht

Genüge getan zu haben und läßt sie ihre eigene Geschichte erzählen. Betritt man spät im Winter einen Teeraum, so wird man dort vielleicht einen Zweig wilder Kirschen vereint mit einer Kamelienknospe finden: ein Echo des scheidenden Winters, verbunden mit einer Frühlingsahnung. Oder begibt man sich an einem quälend heißen Sommertag um die Mittagszeit in einen Teeraum, so wird man in der verdunkelten Kühle des Tokonomas vielleicht eine hängende Vase mit einer einzigen Lilie entdecken. Tauträufelnd scheint sie über die Torheit des Lebens zu lächeln.

Ein Blumensolo ist interessant, allein im Zusammenklang mit Malerei und Skulptur wird es zu einem berückenden Konzert. Sekishu stellte einmal eine Reihe von Wasserpflanzen in einem flachen Gefäß auf, um See- und Sumpfvegetation anzudeuten. An die Wand darüber hängte er ein Gemälde von Soami, das einen Flug von Wildenten darstellte. Ein anderer Teemeister, Shoha, verband ein Gedicht über den Reiz der Meereseinsamkeit mit einem bronzenen Weihrauchgefäß in Form einer Fischerhütte und einigen wilden Strandblumen. Einer der Gäste berichtet, er habe aus dem Ganzen der Komposition den Hauch des schwindenden Herbstes gespürt.

Der Blumengeschichten ist kein Ende. Wir wollen nur noch eine einzige nennen. Im sechzehnten Jahrhundert galt die Winde noch als seltene Pflanze in Japan. Rikyu besaß einen ganzen Garten, der nur mit ihr bepflanzt war, und den er mit großer Sorgfalt pflegte. Der Ruhm seiner convolvuli kam auch dem Taiko zu Ohren, und er äußerte den Wunsch, sie zu sehen. So lud ihn denn Rikyu zu einem Morgentee zu sich ein. An dem festgesetzten Tage wanderte der Taiko durch den Garten, ohne auch nur eine Spur der convolvuli zu entdecken. Der Boden war eingeebnet und mit Sand und feinem Kies bestreut. Mürrisch und zornig betrat der Despot den Teeraum. Dort aber harrte seiner ein Anblick, der ihm seine gute Laune restlos wiederbrachte. Auf dem Tokonoma, in einer seltenen Bronze aus der Sungzeit, ruhte eine einzige Winde, die Königin des ganzen Gartens!

Solche Beispiele lassen uns die volle Bedeutung des Blumenopfers erkennen. Vielleicht wissen auch die Blumen seine Bedeutung ganz zu würdigen. Sie sind nicht feige wie die Menschen. Manche Blumen gehen jauchzend in den Tod -- die japanischen Kirschblüten, wenn sie sich rückhaltlos dem Winde ergeben. Wer auch nur ein einziges Mal vor der duftenden Lawine von Yoshino oder Arashi-yama gestanden hat, wird es begriffen haben. Einen Augenblick lang schweben sie wie edelsteingeschmückte Wolken über dem kristallklaren Fluß; wenn sie dann auf den lachenden Wassern dahinfahren, ist es, als sprächen sie: „Leb wohl, Frühling! Wir sind auf dem Wege zur Ewigkeit.“

7. Kapitel

Die Teemeister

In der Religion liegt die Zukunft hinter uns. In der Kunst ist die Gegenwart das Ewige. Die Teemeister hielten ein echtes Kunstverständnis nur bei Menschen für möglich, die aus ihm eine lebendig-wirksame Kraft machten. Sie suchten darum ihr tägliches Leben nach dem hohen Kulturstand einzurichten, der im Teeraum herrschte. In allen Lebenslagen galt es, die Ruhe der Seele zu bewahren. Die Unterhaltung mußte stets so geführt werden, daß sie in keinem Falle die Harmonie der Umgebung störte. Schnitt und Farbe der Gewänder, Körperhaltung und Gangart konnten sämtlich als Ausdruck künstlerischer Persönlichkeit dienen. Es waren lauter Dinge, die keineswegs vernachlässigt werden durften, denn bis man nicht an sich selbst die Schönheit gepflegt hatte, besaß man auch kein Recht, sich der Schönheit zu nahen. So strebte denn der

Teemeister nach etwas Höherem sogar als der Künstler -- nämlich danach, selbst Kunst zu sein. Dies war der Zennismus der Ästhetik. Vollkommenheit ist überall, vorausgesetzt, daß man sie finden will. Rikyu liebte es, ein altes Gedicht zu zitieren, in dem es heißt: „Dem, der nur Blumen begehrt, möchte ich den vollen Frühling weisen, der in den kämpfenden Knospen der schneebedeckten Berge wohnt."

Vielfältig in der Tat ist das, was die Teemeister zur Kunst beigetragen haben. Sie haben die klassische Architektur und Innenkunst Japans von Grund auf revolutioniert und den neuen, in dem Kapitel vom Teeraum geschilderten Stil begründet, einen Stil, der sogar die nach dem sechzehnten Jahrhundert gebauten Paläste und Klöster sämtlich beeinflußt hat. Der vielseitige Kobori Enshu hat uns außerordentliche Proben seines Genies in der kaiserlichen Villa von Katsura, in den Schlössern von Nagoya und Niiya und im Kloster von Kohoan hinterlassen. Alle berühmten Gärten Japans sind von den Teemeistern angelegt. Unsere Keramik würde ihre hohe Qualität aller Wahrscheinlichkeit nach nie und nimmer erreicht haben, hätten ihr nicht die Teemeister ihre künstlerische Eingebungskraft geliehen, indem sie von unseren Töpfern für die Herstellung der in der Teezeremonie gebräuchlichen Geräte das höchste Maß von Geschicklichkeit verlangten. Die sieben Kübel

Enshus sind allen Kennern japanischer Keramik wohl bekannt. Viele unserer Textilfabrikate tragen den Namen der Teemeister, die ihre Farben oder Muster ersannen. Ja, es ist schier unmöglich, irgendein Kunstgebiet zu entdecken, das nicht die Spuren ihres Genies trägt. In der Malerei wie in der Lackarbeit erscheint es fast als überflüssig, auf ihre ungeheuren Verdienste hinzuweisen. Eine unserer größten Malerschulen verdankt ihren Ursprung dem Teemeister Honami Koetsu, der auch für seine Lackarbeiten und Töpfereien berühmt ist. Neben seinen Arbeiten versinkt das prachtvolle Werk seines Enkels Koho und seiner Großneffen Korin und Kenzan fast in Schatten. Die ganze Korinschule, wie sie in der Regel genannt wird, ist ein Ausdruck des Teeismus. In den Grundprinzipien dieser Schule erkennen wir gleichsam die lebendige Natur selbst wieder.

Allein der gewaltige Einfluß der Teemeister auf dem Gebiete der Kunst ist nichts, verglichen mit ihrem Einfluß auf die Lebensführung selbst. Wir spüren die Gegenwart der Teemeister nicht nur in den Bräuchen der guten Gesellschaft, sondern auch in den Einzelheiten unserer Hausordnung. Viele unserer zartesten Gerichte wie unsere Art, die Speisen anzurichten, sind ihre Erfindung. Sie haben uns gelehrt, uns in gedämpfte Farben zu kleiden. Sie haben uns in dem rechten Geiste unterwiesen, mit dem man sich den Blumen nahen soll. Sie haben den uns angeborenen Hang zur Einfachheit noch verstärkt und uns die Schönheit der Dinge gezeigt. Ja, dank ihren Lehren ist der Tee in das Volksleben eingedrungen.

Wer von uns das Geheimnis nicht kennt, sich sein Dasein auf dem stürmischen Meer törichter Plagen einzurichten, das wir Leben nennen, wird sich trotz aller Versuche, glücklich und zufrieden zu erscheinen, in einem dauernden Zustand des Elends befinden. Wir schwanken in dem Versuch, das moralische Gleichgewicht zu wahren, und erkennen in jeder Wolke, die am Horizonte auftaucht, einen Vorboten des Ungewitters. Und doch wohnt Freude und Schönheit auch im rollenden Schwunge der Wogen auf ihrem Wege zur Ewigkeit. Warum nicht auf ihren Geist eingehen oder, wie Lieh-tze es tat, auf dem Orkane selber reiten?

Nur wer mit dem Schönen gelebt hat, kann in Schönheit sterben. Die letzten Augenblicke der großen Teemeister waren von derselben auserlesenen Kultur wie ihr ganzes Leben. Ständig danach trachtend, in Harmonie zu sein mit dem großen Rhythmus des Alls, waren sie auch darauf vorbereitet, einzugehen in das Unbekannte.

„Der letzte Tee Rikyus" wird auf ewig als Gipfel tragischer Größe hervorragen.

Lang hatte die Freundschaft Rikyus mit Taiko Hideyoshi gedauert, und groß war die Achtung, die der gewaltige Krieger dem Teemeister entgegenbrachte. Das Zeitalter war schwanger von Verrat. Man traute selbst seinen nächsten Verwandten nicht. Rikyu war kein liebedienerischer Höfling und hatte öfters den Mut, anderer Meinung zu sein als sein wilder Gönner. Da machten sich die Feinde Rikyus die seit einiger Zeit bestehende Entfremdung zwischen dem Taiko und Rikyu zunutze und beschuldigten Rikyu, an einer Verschwörung zur Vergiftung des Tyrannen beteiligt zu sein. Man flüsterte Hideyoshi ein, der todbringende Trank solle ihm in Gestalt des grünen Getränks gereicht werden, das von der Hand seines Teemeisters zubereitet sei. Für Hideyoshi war Verdacht allein schon Grund genug zu sofortiger Hinrichtung, und vor dem Willen des erzürnten Herrschers war keine Gnade möglich. Eine einzige Gunst ward dem Verurteilten gewährt -- die Ehre, durch eigene Hand zu sterben.

An dem für die Selbstauflösung ausersehenen Tage lud Rikyu seine Hauptjünger zur letzten Teezeremonie zu sich. Traurig fanden sich die Gäste zur festgesetzten Stunde an der Schwelle des Teehauses ein. Sie blicken den Gartenpfad hinab, und die Bäume scheinen zu erschauern. Im Rauschen der Blätter wird das Raunen ruheloser Geister laut. Gleich ernsten Wachen vor den Toren des Hades stehen die grauen Steinlaternen. Eine Welle kostbaren Weihrauchs dringt vom Teeraum herüber. Es ist das Zeichen, das die Gäste einzutreten bittet. Einer nach dem anderen tritt vor und nimmt seinen Platz ein. Im Tokonoma hängt ein Kakemono, die wunderbare Schrift eines alten Mönches, die von der Vergänglichkeit alles Irdischen handelt. Der über dem Kohlenbecken kochende Kessel tönt und summt wie eine Zikade, die ihre Leiden dem schwindenden Sommer klagt. Bald betritt auch der Wirt den Raum. Reihum wird der Tee gereicht, und reihum leert ein jeder schweigend seine Schale, der Gastgeber zuletzt. Der hergebrachten Sitte folgend ersucht der Ehrengast alsdann um die Erlaubnis, die Teegeräte zu besichtigen. Rikyu legte ihnen die einzelnen Gegenstände vor, auch das Kakemono. Nachdem ein jeder ihre Schönheit bewundert hat, schenkt Rikyu jedem der anwesenden Gäste einen Gegenstand zum Andenken. Einzig seine Teeschale behält er zurück. „Niemals wieder soll dies von den

Lippen des Unglücks besudelte Gefäß von Menschen gebraucht werden.“ Sagt es und bricht die Schale in Stücke.

Die Zeremonie ist beendet; die Gäste halten nur mit Mühe ihre Tränen zurück, nehmen letzten Abschied und verlassen den Raum. Ein einziger nur, Rikyu der liebste und nächste, wird gebeten, zu verweilen und Zeuge zu sein vom Ende. Alsdann entledigt Rikyu sich des Teegewandes und legt es sorgsam gefaltet auf die Matte, und das makellos weiße Totenkleid wird sichtbar, das er bisher verborgen hat. Liebevoll blickt er auf die blitzende Klinge des tödlichen Dolches, und in wundervollen Versen redet er zu ihm also:

„Froh grüße ich dich,
Du, Schwert der Ewigkeit!
Durch Buddha,
Und durch Dharma gleichermaßen
Hast deinen Weg du dir gebahnt.“

Und lächelnden Gesichtes ging Rikyu hinüber ins Unbekannte.